永代橋哀歌

栄次郎江戸暦12

小杉健治

時代小説

二見時代小説文庫

目次

永代橋《えいたいばし》哀歌——栄次郎江戸暦12

第一章 狙われた男

一

三味線の稽古を終え、元鳥越町《もととりごえまち》の杵屋吉右衛門《きねやきちえもん》師匠の家を出たところで、矢内栄次《やないえいじ》郎《ろう》は、家の前でうろついている三十前後の細身の男を見た。羽織を着た商人ふうの男で、小首を傾げては溜め息をついている。

栄次郎の視線に気づくと、男は気まずそうな顔をして軽く会釈をし、踵《きびす》を返して引き上げようとした。

栄次郎は男の目的に気づいて声をかけた。

「もし、吉右衛門師匠に御用ではないのですか」

男も立ち止まって、振り返った。

「せっかくいらっしゃったんですから、どうぞ、お入りになってください」

杵屋吉右衛門は長唄《ながうた》の師匠である。もともとは横山町《よこやまちょう》の薬種問屋《やくしゅどんや》の長男だが、十八歳で大師匠に弟子入りをし、二十四歳で大師匠の代稽古を勤めるほどの才人であった。

弟子は武士から商家の旦那、職人などたくさんいる。栄次郎もそのうちのひとりだ。

「さあ、どうぞ。よかったら、私もごいっしょしますよ」

入りづらいのだろうと慮《おもんぱか》る。

「ここまで来たものの、まだ決心がつきかねているのです。じつはこれまでまったく長唄にも触れたことがなくて、はたして自分でも唄えるようになるのか、自信がないのです。ですから、もう、少し考えて」

男は尻込みをした。

「誰でも最初はそうです。師匠にお会いになるだけでもお会いになれば」

栄次郎は微苦笑して言う。

「いえ、気持ちが固まってからまた出直します」

男は気弱そうに目を細めた。

「でも、いいんです」

「では今度来たときに入りやすいように、あなたのことを師匠に話しておきます。よろしければお名前を教えていただけますか」

栄次郎はいつでも師匠に会うことが出来るようにしてあげたかった。

「ありがとうございます。政吉《せいきち》と申します。阿部川町《あべかわちょう》で『悠木堂《ゆうきどう》』という小さな小間物屋をやっています」

「私は矢内栄次郎です。師匠から杵屋吉栄《きちえい》という名をいただいています」

「お名取《なとり》さんですか」

政吉は目を瞠《みは》った。

「いえ、まだ、これからです」

栄次郎は謙遜する。

「矢内さまはどうして吉右衛門師匠のところに？」

新堀川《しんぼりがわ》のほうに向かって歩きだして、政吉がきいた。

「ある料理屋できりりとした渋い男を見かけたのです。決していい男ではないのに、体全体から男の色気が醸《かも》し出されている。長唄の師匠だと聞き、三味線を習えば、あのような粋で色っぽい男になれるかもしれない。そう思い、さっそく弟子入りをしたのです。まあ、不純な動機です」

「いえ、矢内さまは十分に男の色気がありますよ」

「いえ、まだまだです」

栄次郎の細い顔とすらりとした体つきには気品を漂わせるものがあるが、どこか芝居の役者のような柔らかい雰囲気がある。だが、それはまだ男の色気にはほど遠いものだと思っている。

「私も、そういう男に憧れます。若い頃から仕事一途《いちず》でした。道楽はなにひとつもしませんでした。どうにか小さいながらも自分の店を持てるようになって、これから何か仕事以外のことをやってみようと思いましてね。うちの奴からも、何かはじめたらどうだと言われているんです」

「お子さんは？」

「いえ、子どもはいません」

「そうですか。おかみさんとふたりきりですか」

「はい」

新堀川に出てから、

「では、私はここで」

と、政吉は言った。

「では、お待ちしております」

「はい。決心がつくまでまだ時間がかかるかもしれませんが」

政吉は頭を下げて新堀川べりを北に歩いて行く。

栄次郎は政吉を見送ってから蔵前《くらまえ》の大通りに出て浅草黒船町《あさくさくろふねちょう》に向かった。七夕《たなばた》の竹売りが横切った。もうじき、七夕祭りだが、残暑は厳しい。早々と、五色の短冊を結《ゆわ》えつけた竹を飾ってある家もあった。

四半刻《しはんとき》（三十分）後、栄次郎は浅草黒船町のお秋《あき》の家にいた。

お秋は矢内家に年季奉公をしていた女で、今は八丁堀与力崎田孫兵衛《さきたまごべえ》の妾《めかけ》になっていた。世間には母の違う妹と称している。

矢内家にいたときは、兄に言わせるといじらしいほど初《うぶ》な女だったそうだが、今は少し肉付きがよくなり、あだっぽい大年増《おおどしま》になっている。

三味線の稽古のために、お秋は二階の小部屋を借してくれている。

刀を刀掛けに掛け、代わりに三味線を抱える。撥《ばち》を手に、気を整えて撥を振り下ろす。

また舞台で地方《じかた》として出ることになっているので、その稽古もしなければならないが、俗曲《ぞっきょく》のお浚《さら》いもしておかねばならない。

長唄は舞台で弾くが、料理屋の座敷では歌沢《うたざわ》や俗曲が主だ。岩井文兵衛《いわいぶんべえ》から、また栄次郎どのの三味線で唄いたいという誘いがあった。

半刻（一時間）ほど、三味線を弾いていると、梯子段《はしごだん》のほうからお秋の声が聞こえてきた。

客が来たらしい。お秋はなかなか商売の才覚があり、二階の奥の部屋を逢引《あいび》きの男女に貸しているのだ。

客にとっては八丁堀与力の妹の家だという安心感がある。

客を奥の部屋に案内してから、お秋が顔を出した。

「ごめんなさい。お客さんなの」

目の前で両手を合わせて、お秋は謝る真似をした。

「構いませんよ」

客が入れば、思い切り三味線を弾くわけにはいかないが、忍《しの》び駒《ごま》をつけて音を消して弾けばいいのだ。

三味線を脇に置き、栄次郎は窓辺に立った。

窓から、大川が望める。川面が西陽を照り返している。御厩河岸《おうまやがし》から渡し船が出て行った。波は静かだ。

栄次郎は稽古場で師匠から言われた言葉が耳朶《じだ》に残っている。

師匠はこう言ったのだ。

「吉栄さん。曲を作ってみたらいかがですか」

最初はなんのことかわからなかった。

「作曲ですよ。長唄の新曲を作ってもらいたいのです」

栄次郎にとっては思いも寄らぬ呼びかけだった。

「私が作曲ですか」

「ええ。じつは市村咲之丞《いちむらさきのじょう》さんが新しい演し物《だしもの》をやりたいと言い出したんですよ」

歌舞伎役者の市村咲之丞とは以前に、日本橋葺屋町《にほんばしふきやちょう》の『市村座《いちむらざ》』の舞台で共演したことがある。立方《たちかた》として咲之丞が『越後獅子《えちごじし》』を踊り、栄次郎は師匠といっしょに地方として出演したのである。

越後獅子は毎年田植えの終わった頃から秋にかけて、新潟《にいがた》の月潟村《つきがたむら》からやって来る門付芸人《かどづけげいにん》の獅子舞である。京、大坂では越後獅子、江戸では角兵衛《かくべえ》獅子と呼んでいる。

『越後獅子』で一番の見せ場は頭に獅子頭《がしら》をかぶった立方が一枚歯の高下駄を履き、三味線に合わせて足拍子を踏みながら左右に持った長い晒《さらし》を捌《さば》くという箇所である。

咲之丞はこの『越後獅子』を得意としていたが、もっと新しい舞踊をやりたいと言い出した。

「曲が出来れば振付師が振りをつけるので、ぜひ新しいものを創作したいというのです。吉栄さんも挑戦してみてはいかがですか」

「私に出来るとは思いません」

栄次郎は尻込みをした。

「いえ、栄次郎さんにはその面の才能もおありかと思います」

師匠は栄次郎の困惑に構わず続けた。

「咲之丞さんは祭を題材にしたいそうです」

「祭？」

「神田《かんだ》祭、山王《さんのう》祭、八幡《はちまん》祭、それに三社《さんじゃ》祭がありますが、咲之丞さんの望みでは来年の八月の舞台に間に合わせたいそうです。ということで、出来たら、八月十五日に行なわれる八幡祭を題材にしたいということです」

八幡祭とは深川の富岡八幡宮《とみがおかはちまんぐう》の祭礼である。

富岡八幡宮の祭礼は神田明神の神田祭と赤坂にある日吉山王権現《ひよしさんのうごんげん》の山王祭とともに江戸の三大祭といわれた。御輿《みこし》は深川《ふかがわ》、山車《だし》神田、ただ広いのが山王祭といわれ、富岡八幡宮の祭礼はたくさんの御輿が出る。

御輿の担ぎ手に水をかけるので水掛け祭とも呼ばれている。もちろん、御輿だけでなく、山車もたくさん出、囃子方《はやしかた》を乗せた踊り屋台、さらには鉄棒を引き、木遣《きや》りを唄って歩く手古舞《てこまい》の行列も出て豪壮で粋である。そういう情緒をどう表現するのか。

「曲と詞も作らねばなりませんね」

栄次郎は興味をもちはじめた。

「ええ。もちろん、両方です」

師匠は事も無げに言う。

「詞ですか」

栄次郎は困惑した。曲のほうはなんとかなるかもしれないが、詞のほうは自信がなかった。

だが、ある人物の顔が浮かんだ。

「吉栄さん。やってみませんか」

師匠が声をかけた。

「師匠はどうなのですか」

「残念ながら、私にはその方面の才能はありません」

「吉次郎《きちじろう》さんは？」

兄弟子《でし》の吉次郎こと坂本東次郎《さかもととうじろう》は旗本の次男坊である。

「吉次郎さんもその方面には向いていないと思います。私の見るところ、出来るのは吉栄さんだけです」

「はあ」

「まあ、少し考えてみてください」

師匠から勧められたものの、栄次郎ははたして自分に出来るかどうか自信がなかった。

「八幡祭か」

栄次郎は大川下流に目をやった。両国橋《りょうごくばし》が見える。その向こうに新大橋《しんおおはし》、さらにその先に永代橋《えいたいばし》がある。富岡八幡宮までは永代橋が近い。

「失礼します」

背後でお秋の声がした。

「栄次郎さん、どうかなさったのですか」

お秋が近付いてきた。

「えっ、どうしてですか」

「少しなら三味線を弾いてもいいんですよ」

三味線の音が聞こえないので気になったらしい。

「ええ、わかっています。ちょっと考え事をしていたんです」

栄次郎は笑った。

「考え事？」

お秋は心配そうな表情になった。

「三味線の工夫です。深刻なことではありませんよ」

「そう」

お秋は横に並んで外を見る。

「まだ残暑は厳しいけど、だんだん秋らしくなってきたわ」

「ええ、空も高くなってきました」

「そうそう、来月は深川の八幡祭ね」

「ええ。今年は本祭でしょう」

三月に三社祭、六月に山王祭、そして八月の八幡祭が終り、九月には神田明神の祭礼がある。

「栄次郎さんといっしょに行きたいわ」

「崎田さまに叱られます」

「いいえ。もう旦那は栄次郎さんのことは何も言いませんよ」

一頃《ひところ》は、嫉妬からか栄次郎に冷たく当たっていたが、誤解から命を狙われた孫兵衛の一命を助け、さらには妾女にお秋の存在を隠し通してあげたことから、孫兵衛の栄次郎に対する態度が変わった。

「栄次郎さん。明日、旦那が来るんです。いっしょに酒を呑むのを楽しみにしているので、おつきあいくださいね」

「わかりました」

「では、私は引き上げます」

お秋が階下に下りたあと、栄次郎は部屋の真ん中に戻った。

再び三味線を抱える。音が響かないように忍び駒をつける。

やはり、作曲のことが頭から離れない。

これまで弾いてきた曲を浚ってみた。

『越後獅子』、『京鹿子娘道成寺《きょうかのこむすめどうじょうじ》』……。『越後獅子』の作者は奈河篤助《ながとくすけ》・松井幸三《まついこうぞう》、作曲は九世杵屋六左衛門《ろくざえもん》である。こういう名曲に引けをとらないものを創作するのはかなり難しい。

そう思いながら、撥を振り下ろしていった。

部屋の中が暗くなって、お秋が行灯《あんどん》に火を入れに来た。外が暗くなって、逢引きの客が帰った。

しばらくして、お秋が上がって来た。

「栄次郎さん。夕餉《ゆうげ》の支度が出来ました」

栄次郎はようやく三味線を置いた。


お秋の家で夕飯を馳走になって、栄次郎は本郷《ほんごう》にある屋敷への帰途についた。

矢内家の当主は矢内栄之進《えいのしん》、栄次郎の兄である。御徒目付《おかちめつけ》であり、栄次郎は部屋住《へやずみ》だ。父はとうに亡くなっているが、厳格な母は健在であった。

三味線堀《しゃみせんぼり》から下谷広小路《したやひろこうじ》に向かい、上野新黒門町《うえのしんくろもんちょう》から湯島天神裏門坂通りに入る。

たまに酔客とすれ違い、座敷を終えて芸者屋に帰るところか、芸者の姿が目に入る。

湯島天神下同朋町《どうぼうちょう》を過ぎると、通りの両脇は武家屋敷が続く。この道の突き当たりは湯島天神の男坂だ。

前方から足早にやって来る男がいた。手拭いを頭からかぶり、黒っぽい着物を尻端《しりは》折《しょ》りした男だ。

栄次郎はそのまままっすぐ進む。男は俯《うつむ》き加減に歩いて来る。すれ違うかと思ったが、男は途中を右に曲がった。明神下のほうに向かう道に入った。どこか男にはあわてている様子が見てとれた。

栄次郎は辻の真ん中で立ちどまって男の後ろ姿を見た。この道の両脇も武家屋敷が続いている。

男は暗がりに消えて行く。訝《いぶか》しく思ったが、栄次郎は先を急いだ。湯島天神の男坂に向かう手前を、栄次郎は右に折れた。

この先は茅町《かやちょう》から不忍池《しのばずのいけ》に出る。だが、栄次郎は切通《きりどお》しの坂を上がった。いつも、利用している坂だ。

栄次郎は加賀前田《かがまえだ》家の屋敷の脇から本郷通りに出た。

屋敷に帰ると、部屋に向かうところで母に呼ばれた。

「栄次郎どの。ちょっとこちらに」

「はい」

栄次郎は刀を持ったまま、母のあとに従った。

母は仏間に入り、仏壇の前に座った。灯明《とうみょう》を上げて、手を合わせる。肝心な話をするときは、亡き父もいっしょだという態度を示すのが母の常だった。

用向きには予想がついた。栄次郎がじっと待っていると、ようやく母は振り向いた。

「お話とは？」

栄次郎は催促した。

「栄次郎。じつは養子の話が来ています」

案の定、そのことだった。

「母上。そのことなら、まだ早いかと」

栄次郎はあっさりと答えた。

「早いですと？」

「いえ、まずは兄上のほうが先かと。兄上がご結婚なさるとき、私も考えます。それまでは、この家に置いてください。よろしくお願いいたします」

栄次郎は頭を下げた。

「私はあなたのためを思って……」

「ここに置いてくださったほうが、私にとっては仕合わせでございます」

栄次郎は母の目をしっかりと見て言う。

「それはあなたがいてくれたほうが私にとってもどんなにうれしいことか。なれど、あなたは部屋住の身。将来のためにも、いい養子口があれば……」

「はい。お心配りはありがたく思いますが、私はもう少し母上のそばにいとうございます」

「そのようなことを。いくつだと思っているのですか」

母は呆れたように言うが、満更《まんざら》でもない顔つきだった。

「母上。お線香をあげさせてください」

溜め息をついてから、母は仏壇の前を空けた。

栄次郎は線香をあげて手を合わせた。仏壇に位牌がふたつ。父と兄嫁である。兄嫁は流行《はや》り病で早死にしたのだ。栄之進が長い間、塞《ふさ》ぎ込んでいた。だが、栄次郎が深川の安女郎のいる娼家に連れて行ったところ、お気に入りの遊女が出来、今ではときたま通っている。

仏壇から離れ、栄次郎は母に挨拶をして、自分の部屋に引き上げた。

今夜は兄は当直なのかいなかった。

二

翌日、栄次郎は昼前に屋敷を出た。

加賀前田家の塀沿いを湯島に向かう。途中、湯島天神の手前を左に折れ、表門の前を通って妻恋坂《つまこいざか》を下って明神下に出た。

ここの裏長屋に、新八《しんぱち》が住んでいる。栄次郎はその長屋の木戸をくぐった。

新八は相模《さがみ》の大金持ちの息子で、江戸に浄瑠璃《じょうるり》を習いに来ていると言っていたが、じつは豪商の屋敷や大名屋敷、富裕な旗本屋敷を専門に狙う盗人《ぬすっと》だった。

追手に追われる新八を助けたことから、親しくつきあいはじめた。しかし、ある旗本屋敷に忍び込んだとき、旗本の当主が女中を手込めにしようとしているのを天井裏から見て、義侠《ぎきょう》心《しん》から女を助けた。

そのことで、足がついてしまい、新八は奉行所から追われる身になった。一時は江戸を離れたが、御徒目付の兄の計らいで、難を逃れたのだ。

今、新八は兄の手先ということになっている。

新八の家の腰高障子《こしだかしょうじ》を開ける。新八は起きたばかりのようだった。

「あっ、栄次郎さん」

新八がふとんを片づけてから、

「すみません。ゆうべ、遅かったもので」

と、頭を下げた。

「兄の手伝いですか」

「ええ、あるお旗本の奥方が万引きを働いたと訴えがありましたそうで。その調べに。どうやら、奥方の万引きは病気のようです。栄之進さまがお旗本に傷がつかないように手をまわしてやるそうです」

兄らしいと、栄次郎は思った。

「栄次郎さん。何か」

「新八さん、長唄の詞を書きませんか」

「長唄の詞？」

新八はきょとんとしている。

「いきなりじゃ、どういうことかわかりませんよね」

そう言い、栄次郎は師匠から聞いたことをそのまま話した。

「へえ、市村咲之丞がねえ」

新八は感心したように言う。

「で、新八さんは詞が書けるのではないかと思ったものですから」

「とんでもない。あっしにはそんな才覚はありませんよ」

「いや、自分ではそう思っているだけで、案外といけるかもしれませんよ」

「無理ですよ」

「そうですか。新八さんとならいいものが出来るかもしれないと思ったものですから」

「申し訳ございません。これぱかりは、無理でございます」

「まあ、少し考えてみてください」

師匠から言われたことをそのまま話していると気づいて、栄次郎は苦笑した。

「では、また」

栄次郎は新八の長屋を出てから、元鳥越町の師匠の家に行った。

まだ、弟子が来る時間には早かった。

「じつは、きのう師匠の家の前で迷っている男のひとがいました。長唄を習いたいけど、なかなか一歩が踏み出せないようでした。阿部川町の『悠木屋』という小間物屋の政吉さんと仰《おつしや》いました。訪ねて来たら、よろしくお願いいたします」

「わかりました。政吉さんですね」

「はい。では、私は」

「おや、わざわざそのことのためだけに？」

「はい」

「せっかくですからお稽古をしていきませんか」

「いえ、そこまでは……」

栄次郎は辞退した。


栄次郎は師匠の家から浅草黒船町のお秋の家に行った。

いつものように、二階の部屋で三味線を弾く。今師匠から習っている『田舎巫女《いなかみこ》』である。きょうは逢引き客がいないので、気兼ねなく撥を糸に当てることが出来る。

『田舎巫女』も、『越後獅子』と同じ九世杵屋六左衛門の作曲である。

自分に曲が出来るだろうか。そんな不安を振り払うように、栄次郎は撥を糸に当てていった。

夕方になって、お秋が行灯に灯を入れにきた。

「きょう、旦那が来るので、栄次郎さんもごいっしょに」

お秋が誘う。

「わかりました」

「なにしろ、最近は栄次郎さんと呑むのが楽しみらしいんですよ」

お秋は苦笑する。

「じゃあ、来たら呼びに来ますので」

お秋が部屋を出て行った。

栄次郎は再び三味線を弾く。

ふと、きのう会った政吉という男を思い出した。長唄を習いたいようだが、踏ん切りがつかないのだ。

後ろから押してやったほうがいいかもしれない。やはり、稽古ごとに限らず何ごとも思い立ったが吉日。今回、はじめなかったとしても、いつかまたはじめたくなるに違いない。そのときに、あのときはじめておけばよかったと思うものだ。その間、稽古をしていて進歩しているはずだからだ。

窓の外は暗くなった。まだ孫兵衛は来ない。いつもより、来るのが遅いようだ。

明日にでも、政吉に会いに行ってみよう。阿部川町は通り道だ。

孫兵衛が予定よりだいぶ遅れてやって来た。お秋が呼びに来て、栄次郎は三味線を片づけて階下に行った。

居間の長火鉢の前で孫兵衛が疲れた顔で座っていた。

「すまぬな。遅くなって」

孫兵衛が詫びた。

お秋のところにやって来る孫兵衛はどうみても好色な中年男にしか見えない。だが、同心の監督や任免などを行なう同心支配掛かりの孫兵衛は、いずれ町奉行所与力の最高位である年番方《ねんばんかた》与力になる人物である。

「何かあったのでございますか。少し、お疲れのようにお見受けいたしますが」

栄次郎は声をかけた。

「うむ。いろいろとな」

孫兵衛は溜め息をついた。

お秋が酒を運んできた。

「さあ、旦那。お疲れさまでした」

お秋が酌をし、続いて栄次郎に銚子を向けた。

酒を酌み交わしたが、孫兵衛にいつもの元気がない。心ここにあらずという様子だ。

栄次郎はお秋と顔を見合せた。

「旦那。なんだか屈託《くったく》がありそうですね」

お秋が心配そうにきき、

「どこかお加減でも？」

「いや、そうじゃない。ちょっと仕事のことでな」

「仕事ですか」

お秋が意外そうな表情をした。

「また、崎田さまの御身に何か」

栄次郎が身を乗り出した。以前のように、逆恨《さかうら》みで、襲われたりしたのではないか。そんな心配をした。

「いや、そうではない。よけいな気を使わせてしまったようだな」

孫兵衛は後悔した顔つきになり、

「じつは、ゆうべ殺しがあってな」

と、口にした。

「殺し？」

「車坂町《くるまざかちょう》の裏長屋に住む煙草《たばこ》売りの又五郎《またごろう》という男が湯島天神の境内で殺されていたのだ。下手人《げしゅにん》の見当がついていない」

栄次郎が訝《いぶか》ったのは、殺しは定町廻《じょうまちまわ》り同心が役割だ。孫兵衛が煙草売りの又五郎殺しに気を揉《も》むとはどういうことか。

そのことも気になったが、それ以上に栄次郎が衝撃を受けたのは殺しが湯島天神の境内だということだった。

「境内のどの辺りですか」

「裏門の近くの植え込みの中だ」

「裏門……。で、殺された時刻は？」

「遊んでの帰りの職人が死体を見つけて自身番に届け出たのが五つ半（午後九時）過ぎだ。駆けつけた同心の話では、死後半刻（一時間）ほどだと言っていた」

五つ（午後八時）頃だ。

「で、凶器は？」

「匕首《あいくち》だ。心の臓と腹部を刺されていた」

栄次郎の脳裏をきのうの男の姿が掠《かす》めた。湯島天神裏門坂通りで、足早にやって来る男がいた。手拭いを頭からかぶり、黒っぽい着物を尻端折りにしていた。途中、男は右に曲がり、明神下のほうに向かう道に入った。どこか男にはあわてている様子が見てとれた。

今から思うと、男は栄次郎とすれ違うのを避けるために、あえて途中、明神下のほうに曲がったのではないか。

「どうした、栄次郎どの？」

孫兵衛が逆にきいた。

「じつはきのうの五つ（午後八時）頃、湯島天神裏門坂通りを歩いていて、不審な男を見かけました」

「なに？」

「すれ違うだいぶ前で明神下のほうに曲がってしまいましたから顔などはわかりません。頭から手拭いをかぶり、黒っぽい着物を尻端折りしていました」

「怪しいな」

孫兵衛の目が光った。

「私は詳しくは見ていませんが、同朋町から武家地に入ったところに辻番所があります。番人が覚えているかもしれませぬ」

「よし。明日、同心に伝えておこう」

やっと、孫兵衛の表情が明るくなった。

「殺されたのは崎田さまの親しいひとだったのですか」

改めて、栄次郎は疑問を口にした。

「いや。そうではない。なぜだ？」

「崎田さまが殺しをずいぶんに気にかけていらっしゃるからです。崎田さまなら、報告を聞くだけだと思っていましたので」

「ふだんはそうなのだが……」

孫兵衛は盃を口に持っていった。

「殺されたのは車坂町に住む煙草売りの又五郎という男だそうですね」

「うむ」

「その男は何か特別な人間だったのですか」

たとえば、ある事件の重要な証人だったり、参考人だったり……。

「いや。ホトケの懐に下手人が残した書置きがあった」

孫兵衛は困惑した顔つきで言う。

「書置き？」

「うむ。そこに『天誅《てんちゅう》、又五郎』とあった」

「天誅ですか。恨みによる犯行のようですね」

「もうひとり死んでいるのだ」

「もうひとり？」

「十日前、鉄砲洲稲荷《てっぽうずいなり》の脇で、田之助《たのすけ》という夜泣きそば屋の亭主が殺された。やはり、この男の懐に『天誅、田之助』という書置きがあった」

「ふたりに関わり合いは？」

「今のところ、わからない。それより、書置きに五人の名前が記されていた」

「五人の名？」

「その中に田之助と又五郎の名が記されていた」

「では、その名前は殺す相手」

「そうとしか思えぬのだ」

「では、あと三人を襲うということになりますね。で、三人の名前は？」

「政吉、信三《しんぞう》、公太《こうた》の三人だ。だが、書いてあるのは名前だけだ。どこの誰か、まったくわからない」

「政吉……」

　ふと、師匠の家の前で会った政吉を思い出した。同じ名前はたくさんいるだろう。書置きにある政吉と同じ人間だとは言い切れない。

「下手人の目的はわからないのですね」

栄次郎は確かめた。

「まったくわからない。夕方から同心を集めて検討したが、見当もつかなかった。ホトケの住んでいた長屋で、お互いの名を出してきいてみたが、誰も知らない。だが、下手人は明確な目的があるはずだ」

「そうですね。でも、なぜ、下手人は天誅と……」

栄次郎は下手人の恨みが何か、想像出来ない。だが、又五郎と田之助は何か関わりがあるのだ。だが、それより、政吉が気になる。もちろん、同名の別人だと思うが……。

「又五郎と田之助の歳は？」

「又五郎は四十二歳、田之助は四十五だ」

「四十過ぎ……」

政吉はふたりよりだいぶ若い。政吉は阿部川町で『悠木屋』という小間物屋をやっている。殺されたふたりは煙草売りと夜泣きそば屋。しかし、それ以前は別の仕事をしていたのかもしれない。そこで何らかのつながりが出来たのか。

連続殺人の兆候が落ち着かなくさせているらしく、孫兵衛は早々と駕籠で引き揚げた。あの書置きを奉行所への挑戦ととらえているようだった。

栄次郎も駕籠を見送ってから帰途についた。

きのうと同じ道を通り、上野新黒門町から湯島天神裏門坂通りに入る。そして、辻番所の前を通り、男坂に向かった。

急な石段を上がる。境内に入り、植え込みのほうを見るが、暗くてどこが現場かわからなかった。

時間からいって、きのう見かけた男が下手人の可能性は強い。

栄次郎は下手人の気持ちになって石段を下りた。そして、裏門坂通りをまっすぐ進む。石段の下には茶屋や楊弓場《ようきゅうば》があり賑やかだ。

だが、そこを過ぎると武家地になり、急に静かになる。辻番所の前を過ぎてしばらくして、前方に栄次郎の姿が見えたのだ。

すぐ先に道があり、男は右に折れた。栄次郎は男と同じように右に曲がった。まだ武家地は続く。だいぶ先に辻番所の辻行灯の灯が見えた。

そこの番人が男を見ているかもしれない。そこまで確認してから引き返し、栄次郎は湯島切通しを通って本郷の屋敷に帰った。

三

翌日、栄次郎は湯島天神の鳥居をくぐり、男坂のほうに向かった。

昼間に改めて現場を確かめてみようと思ったのだが、男坂の近くに岡っ引きの磯平《いそへい》の姿が見えた。

どうやら、そこが殺しの現場らしい。栄次郎は近付いて声をかけた。

「磯平親分」

「あっ、矢内さま」

振り向いた磯平がぺこりと頭を下げた。

磯平は四十年配で、食い下がったらしつこい岡っ引きだ。新八を追い詰めたのもこの男だ。岡っ引きには珍しく信頼出来る男だ。

「又五郎という男が殺されたのはここですか」

栄次郎は確かめた。

「どうしてそのことを？」

磯平が不審そうにきいた。

「崎田さまから境内で殺しがあったと聞きました」

「ひょっとして、下手人らしき男を見かけたお侍というのは？」

　磯平が気づいたようにきいた。

「崎田さまのお話でしたら、私です」

「そうですか。矢内さまでしたか。その話を聞いて、さっそく今朝からこの男坂を下った通りにある辻番所の番人に訊《たず》ねました。確かに、手拭いをかぶって黒っぽい着物を尻端折りした男を見てました。中肉中背だったそうです。残念ながら、顔は見ていません」

「で、他の辻番所ではどうですか」

「それが男が曲がった先にある辻番所では目撃していませんでした。その手前にある角を曲がったものと思われます。ところが、御成道《おなりみち》に出たところにある辻番所の番人も手拭いをかぶった男を見ていないのです」

「見ていない？」

「はい。ただし、中肉中背の遊び人ふうの男が足早に上野新黒門町のほうに去って行くのを見てました。おそらく、途中で手拭いをとり、着物を裏返しに着替えたのではないかと思われます。あの時刻、他に通る人間はいなかったので、まずその男に間違いないと思います」

男は右に曲がり、次の角を左に、そして大通りを左に曲がった。なんのことはない、男は単に大回りをしたに過ぎない。

男は栄次郎とすれ違うのを避けるために大回りをしたのか。すれ違えば、血の匂いに気づかれると思ったのかもしれない。辻番所の前は離れて通れば顔を見られる心配はないと考えたのだろう。

「その先は目撃者は？」

「いませんでした。下谷広小路に向かったと思われますが、その先はまったくわかりません」

「しかし、その男は怪しいですね」

「鉄砲洲のほうでも同じような格好の男が目撃されていましたので、まず、その男が下手人とみていいと思います」

「鉄砲洲のほうでは田之助という男が殺されたのでしたね」

栄次郎は確かめる。

「そうです。夜泣きそば屋の田之助です」

「又五郎と田之助のつながりはまだわからないのですか」

「ええ。又五郎は車坂町に住み、煙草を売り歩くのは浅草、上野、本郷、それから神田、日本橋です。田之助は本湊町《ほんみなとちょう》の裏長屋に住み、そばの屋台を担いで流すのは木挽町《こびきちょう》から築地《つきじ》界隈です」

「ふたりがつながっているとしたら、昔のことかもしれませんね」

「ええ。今、昔のことを調べているのですが、まだ、何も出て来ません」

「それから、下手人が残した書置きにあと三人の名が書いてあったのですね」

「ええ。だが、同じ名前の人間もいるので、人物を特定するのは難しい」

「そうでしょうね。ただ、無駄でも、そのひとたちには注意を呼びかけていたほうがいいかもしれません」

「わかりました」

　奉行所の人間でもない栄次郎の忠告にも、磯平が素直に応じたのは、これまでもお節介焼きの栄次郎が数々の難事件に首を突っ込んで解決に協力をしてきたからだろう。

　栄次郎は磯平と別れ、男坂を下る。

　そして、辻番所の前を通る。

　一昨日、尻端折りの男は前方に栄次郎の姿を見たからか、それとも最初からそのつもりだったのか、次の角を右に折れ、明神下のほうに向かったのだ。

栄次郎もその角を曲がった。男の歩いたあとを辿るように栄次郎も最初の角を左に曲がる。そして、御成道に出て、また右に曲がった。

上野新黒門町にやって来た。男はここからどこへ行ったのか。

それから、栄次郎は阿部川町に向かった。

小商いの店が並ぶ一角に『悠木堂』という小間物屋があった。店を覗くと、二十七、八とおぼしき女が店番をしていた。少しやつれて、病的に思えるほどに色白だった。

「いらっしゃいませ」

女がか細い声で言う。

「いえ、客ではないのです。政吉さんはいらっしゃいますか」

栄次郎は声をかけた。

「はい。どちらさまで？」

「矢内栄次郎と申します」

「まあ、矢内さま」

女が驚いたような顔をしたので、栄次郎は戸惑った。

「失礼しました。うちのひとからお話を聞いておりましたので。まだ、お稽古事をはじめる踏ん切りはつかないみたいで」

誘いに来たと思ったのか、妻女は言い訳を言う。

「失礼ですが、おかみさんですか」

「はい。もんと申します。今、うちのひとを呼びますので」

妻女のおもんは立ち上がった。

「おまえさん、おまえさん」

奥で呼ぶ声が聞こえる。

しばらくして、政吉が出て来た。

「これは矢内さま。ようお出でくださいました。さあ、お上がりください」

「いえ、すぐお暇《いとま》をしなくてはなりませんので。出来たら外で」

「わかりました」

政吉はおもんに声をかけてから、土間に下りた。

栄次郎はおもんに会釈をしてから店を出た。

「矢内さまがお訪ねくださるとは思いもよりませんでした」

政吉が歩きながら言う。

「すみません」

「とんでもない。うれしいのですよ。私みたいなものを覚えていてくださって。ただ、まだ、稽古をはじめる決心はついていません」

政吉はすまなそうに言う。

「いえ、きょうはそのことではないのです」

「はあ」

新堀川《しんぼりがわ》の辺《ほとり》までやって来てから、栄次郎は口を開いた。

「つかぬことをお伺いしますが、又五郎、あるいは田之助という男をご存じでいらっしゃいますか」

「又五郎さんに田之助さんですか。私が商品を仕入れている問屋の隠居は又五郎という名前でしたが……」

「その隠居の又五郎さんは幾つぐらいですか」

違うと思ったが、念のためにきいた。

「五十になるでしょうか」

「その御方ではありません。又五郎さんは煙草売り、田之助さんは夜泣きそば屋です」

「そうですか。存じあげません。そのふたりがどうかなさったのですか」

栄次郎は川面に目を落とした。芥《あくた》が流れて行く。

「ふたりとも殺されました」

「殺された?」

「ええ、十日ほど前に田之助さんが鉄砲洲稲荷の脇で、一昨日に湯島天神境内で又五郎さんが……。ともに匕首で刺されていたそうです」

「そういえば、きのう棒手振りが湯島天神でひとが殺されたと話していました。その男が又五郎さんですか」

ふと政吉は怪訝そうな表情を浮かべた。

「矢内さま。どうして、私がふたりのことを知っていると思われたのですか」

「たまたま同じ名前だけだったのかもしれないのですが」

栄次郎は言いよどんだ。もし政吉が狙われているのだとしたらほんとうのことを話して用心してもらったほうがいい。ただ、別人だった場合にはいたずらに不安を煽《あお》るだけになってしまう。

迷ったが、栄次郎は話しておいたほうがいいと考えた。

「政吉さん。又五郎さんと田之助さんの亡骸《なきがら》に置き手紙があり、五人の名前が記されていたそうです」

「五人の名前……」

政吉は不安そうになった。

「そのうちの又五郎さんと田之助さんが殺された」

「まさか、そこに私の名前が？」

「ええ、政吉さんの名前があったそうです。もちろん、たまたま同じ名で、別人のことかもしれませんが」

「………」

「政吉さん。失礼なことをお伺いしますが、誰かに恨まれるような心当たりはありませんか」

「いえ、ありません」

政吉は首を横に振ってから、

「でも」

「でも、なんですか」

「自分が知らないうちに誰かを傷つけていたんでしょうか」

政吉は不安そうな顔をした。

「政吉さんは、阿部川町にはいつから？」

「三年になります」

「それ以前はどちらに？」

「深川におりました。熊井町《くまいちょう》にある『宝屋《たからや》』という小間物屋に奉公していました」

「深川ですか」

「何か」

「その当時の知り合いにも又五郎と田之助という名に心当たりはありませんか」

念を押して、確かめる。

「いえ」

「公太、信三という名は？」

「さあ、すぐには思い出せません。いや、そんな名前の知り合いはいなかったと思うのですが」

「奉公していた店の客はいかがでしょうか」

「さあ、思い当たりません。やはり、知らないうちに恨みを買っているんでしょうか」

またしても、政吉は不安そうな顔になった。

「いえ、それはないと思います。命を狙われるような恨みを買っていれば、自分でも何らかの心当たりはあるはずです。もちろん、逆恨みの可能性もありますが」

「…………」

「たぶん、別人のことかもしれませんが、用心に越したことはありません。当分、夜間のひとり歩きは控えたほうがよろしいかと。どうしても、夜外出しなければならないときは、私がごいっしょします」

「矢内さまが？」

「ええ。私はたいてい午後は浅草黒船町のお秋というひとの家にいます。奉行所与力の妹さんの家です。そこに私を訪ねてきていただけませんか」

「そんなことをしていただいては……」

「いえ、構いません」

栄次郎はひとの難儀を放っておけない質《たち》だ。

「でも、狙われているのが別人ならまったくの無駄骨になってしまいますが」

「それならそれでよろしいではありませんか。用心に越したことはありません」

「はい。ありがとうございます」

「近々、夜に外出する予定はありますか」

「いえ、ありません。お得意さんに品物を届けるのは昼間ですし……」

「そうですか。では、夜出かけるようなときは浅草黒船町のお秋というひとの家まで私を訪ねてください」

「ありがとうございます」

栄次郎は政吉と別れたが、ちょっと確かめたいことがあった。念のためにという程度だったが、栄次郎は稲荷町のほうに足を向けた。


車坂町にやって来た。

又五郎の住まいを探して、栄次郎が町内を歩いていると、棺桶を担いだ一行が長屋木戸を出て来た。

長屋の住人らしい数人の男女が付き添って角を曲がって行った。

栄次郎は見送った年寄りに声をかけた。

「ホトケさんは又五郎さんですか」

「へえ、さいです」

小柄な年寄りが答える。

やはり、又五郎だった。

「お寺さんはどこなのですか」

「三ノ輪《みのわ》ですよ」

「なぜ殺されたのか、心当たりはありませんか」

「いいや。まったくねえ。ひとさまから恨みを買うような人間じゃねえんだ」

年寄りは顔をしかめた。

「一昨日、どうして湯島天神まで出かけて行ったのでしょうか」

「わからねえ」

年寄りは首を横に振った。

「又五郎さんにおかみさんは？」

「独り身だよ」

「そうですか。又五郎さんはこの長屋にいつから住んでいたんですか」

「五年前からだ」

「その前はどこにいたかわかりますか」

「霊岸島《れいがんじま》だと言っていたな」

「霊岸島ですか」

政吉は熊井町だ。永代橋をはさんで向かい合っているように思えるが、やはり政吉とのつながりは見出せない。

その他、いくつか確かめてから、栄次郎は車坂町をあとにした。

四

三日後の夕方、栄次郎がお秋の家で三味線の稽古をしていると、お秋が梯子段を駆け上がって来た。

「失礼します」

襖を開けて、お秋が顔を覗かせた。

「下に政吉さんというひとがお見えですけど」

「政吉さんですか」

栄次郎は三味線を置いて立ち上がった。

階下に行くと、土間に政吉が立っていた。

「栄次郎さん」

政吉が頭を下げた。

「夜、お出かけに？」

「はい。お知らせするか迷ったんですが」

「遠慮なさらないでください。今夜ですね」

「はい。急に品物を夜の五つ（午後八時）に小舟町《こぶなちょう》まで届けることになりました。その時間に届けて欲しいと、お客さんの要望でして」

「わかりました。では、暮六つ（午後六時）を過ぎてからお店にお伺いいたします」

「申し訳ありません」

政吉は恐縮しながら引き揚げて行った。

お秋が不審そうな顔で、

「栄次郎さんはどうしてあの御方とごいっしょに？」

と、きいた。

「お耳に入りましたか」

「ええ」

「政吉さんはいずれ吉右衛門師匠のところに稽古に来るかもしれないおひとなのです。なかなか踏ん切りがつかないようなので……」

「栄次郎さん。私の質問に答えていませんよ」

お秋が不服そうに言う。

「えっ？　ああ、そうでしたね。で、なんでしたっけ」

「まあ」

　お秋は真顔になって言う。

「どうしてあの御方とごいっしょに小舟町まで行くのかときいているんです」

「そうでしたね。別にたいしたことではありませんよ。道々、お稽古の話でもしてやったら、その気になってくれるのではないかと」

「栄次郎さん。政吉という名前は、この前、うちの旦那が口にしていた名ではないんですか。書置きにあった名前？」

「聞いていたんですか」

　栄次郎はとぼけきれなくなった。

「確かに、同じ名前ですけど、偶然ですよ」

「そう言いきれるのですか」

　栄次郎は返答に窮《きゅう》した。

「夜の外出について行ってあげることにしたのは狙われている可能性があるからではないんですか」

　お秋の勘は鋭い。

「栄次郎さんの考えることはわかります。また、お節介病がはじまったのですね」

「せっかく、長唄が縁で知り合ったのです。政吉さんの身に危険が及ばないように守ってやりたいのです」

「でも、相手はもうふたりも殺しているんでしょう」

「ですが、政吉さんが狙われている本人かどうか、まだわからないのですよ」

「でも、栄次郎さんがそこまで肩入れするのは、そんな予覚《よかく》がするからでしょう」

「いえ、そんなはっきりしたものではありません」

お秋は大きな溜め息をついて、

「また、私に心配の種が増えました」

「すみません」

「仕方ありません。それが栄次郎さまのよいところなんですから。じゃあ、早めの夕餉を召し上がってくださいな」

「お秋さん、ありがとう」

栄次郎は二階に戻り、夕餉の支度が出来るまで三味線の稽古をした。

暗くなってから、栄次郎はお秋の家を出て、阿部川町に向かった。

『悠木堂』は大戸は閉まっていたが、潜り戸は開いていた。そこから中に入り、声をかけた。

すぐに、妻女のおもんが出て来た。少しよろけ、柱に手をついた。

「だいじょうぶですか」

栄次郎は気にした。

「ちょっと足が躓《つまず》いて」

おもんは答えてから、

「矢内さま。このたびは、面倒なお願いをいたしまして申し訳ございません」

「いえ、気になさらないでください。勝手にしゃしゃり出ているだけですから」

「どうぞ、お上がりください」

「いえ、もうじき出かける時間でしょうから、ここでお待ちいたします」

「でも」

「だいじょうぶですよ」

栄次郎が笑うと、奥から羽織を着た政吉が出て来た。風呂敷包みを抱えていた。

「矢内さま。申し訳ございません。御足労願いまして」

「いえ」

「では、行って来る」

政吉はおもんに言う。

「行ってらっしゃい」

ふたりは店を出た。

昼間の残暑も夜になると涼しくなる。政吉は周囲を見回す仕種《しぐさ》を見せた。

浅草御門に近付いてから、やはり政吉は辺りに目を配っている。

「政吉さん」

栄次郎は声をかけた。

「さっきから周囲を気になさっていますね。何か、あるのではありませんか」

「いえ」

「黒船町の家まで私を訪ねて来たのは、それなりのわけがあってのことで？」

栄次郎がさらにきくと、政吉はふいに立ち止まった。

「矢内さま。申し訳ありません」

政吉が切り出した。

「じつは、矢内さまから言われたものの、私が他人から狙われるはずがないという思いがあり、ゆうべ夕方から外出しました。花川戸《はなかわど》にある得意先までです。そこで半刻（一時間）ほど話して引き揚げました。帰りはすっかり暗くなっていました。雷門《かみなりもん》を過ぎた頃、誰かの視線を感じるようになったのです」

「視線？」

「はい。辺りを見回しましたが、怪しい人間は見当たりません。でも、薄気味悪いので、人気《ひとけ》の多い道を辿って帰宅しました。家に帰ったあと、戸の隙間から外を覗くと、路地の暗がりに誰かが立っていました」

政吉は肩をすくめ、

「急に恐ろしくなって、きょうも夜に外出しなければならないことを思い出し、やはりご迷惑でも矢内さまにお付き添いをお願いしたほうがいいと思ったのです」

「そうですか」

栄次郎も緊張した。

やはり、書置きの名前にあったのは、この政吉なのだろうか。

「だいじょうぶです。今のところ、つけられている気配はありません」

「安心しました」

政吉はほっとしたように言い、再び歩きだした。

浅草御門を抜ける。柳原《やなぎわら》の土手のほうに向かう男は夜鷹《よたか》買いか。職人体《てい》の酔っぱらいとすれ違ったが、不審な人間には気づかなかった。

馬喰町《ばくろちょう》、小伝馬町《こでんまちょう》と町中を歩き、小舟町へとやって来た。すでに商家の大戸も閉まり、人通りの絶えた通りの途中で、政吉は立ち止まった。

八百屋《やおや》、下駄屋《げたや》、足袋屋《たびや》などの店が並んでいるが、政吉の入った家は惣菜屋《そうざいや》のようだった。

栄次郎は外で待った。商家の妻女ふうの女が小走りですれ違い、荷を背負った商人が行きすぎた。

四半刻（三十分）もしないうちに、政吉が出て来た。

「無事、品物をお届けしてきました」

「ごくろうさまです」

栄次郎はねぎらった。

来た道を引き揚げる。帰りも不審な人影はなかった。あるいは、阿部川町の家を出るとき、栄次郎といっしょだったので尾行を諦めたのかもしれなかった。

「栄次郎さん。殺されたふたりの名前はなんと言いましたっけ」

「又五郎と田之助です」

「何か」

「じつは、きのう怪しい人間につけられてから、改めて殺されたふたりのことを考えてみたんです。ずっと昔、田之助という名前をどこかで聞いたことがあるような気がするんです。ただ、どこで聞いたのか、思い出せないんです」

政吉は小首を傾げた。

やはり、殺された人間と何らかつながりがあるのだ。そのことがわかれば、下手人についての大きな手掛かりになる。

「もし、思い出したら、すぐ教えてください」

「はい」

政吉の店に着いた。

「矢内さま。お寄りしませんか」

政吉が誘う。

「もう遅いですから」

「申し訳ありません」

「いえ。政吉さん。これからも、夜間の外出には私が付き添います」

「ありがとうございます」

「では」

栄次郎は政吉と別れ、帰途についた。

翌日、稽古を終えて、浅草黒船町のお秋の家に行くと、岡っ引きの磯平が待ってい
た。

「これは磯平親分」

栄次郎は訝しげに言う。

「すみません。ちょっとお話というか、ご相談がありまして」

「じゃあ、上がりませんか」

「いえ。外に」

「わかりました」

栄次郎は磯平といっしょに外に出た。

大川端《おおかわばた》に向かった。波が高く、行き交う船が大きく上下していた。

「書置きの名前の人間を探しているうちにちょっと気になる男を見つけました」

「気になる?」

「あの書置きにあった中に公太という名前があったんですが、その公太という名前の男を探しているうちに、ある男が見つかりました。いえ、見つかったといっても、ほんとうに書置きに記された男かどうかわからないのですが」

磯平は慎重な物言いをした。

「公太さんは今、どちらに？」

「亀久町《かめひさちょう》で一膳飯屋をやっています。といっても、かみさんがやっていて、本人はほとんど店には出ていないようですが」

「おかみさんが一膳飯屋をやっているわけですね」

「じつは、公太さんは今は五十歳ですが、五年前まで岡っ引きだったんです」

「岡っ引き」

「ええ。あっしが手札をいただくようになったのが七年前ですが、深川にそういう名前の岡っ引きがいたことを思い出しましてね。岡っ引きということに引っかかりました。何かの事件絡みではないかと思い、会いに行きました」

磯平は厳しい表情で続けた。

「公太は今はすっかり好々爺《こうこうや》という感じでした。書置きの名前を見せましたが、特に気になるようなことは思い出しませんでした。ですが、公太の態度が妙なので、当時、手札を与えていた同心の旦那にきいたところ、妙なことを」

「なんでしょう？」

栄次郎は興味を引かれた。

「十年前、北森下町《きたもりしたちょう》にある古着屋の『河内屋《かわちや》』に押込《おしこ》みがあり、奉公人の善吉《ぜんきち》という男が殺され、十両を奪われたそうなんです。押込みは数日後に捕まった。重助《じゅうすけ》という『河内屋』出入りの左官屋で、公太親分がお縄にしたそうです。犯行を否認しているので拷問《ごうもん》にかけられた。その拷問の直後、重助は死んだ。ところが、周囲の人間からは重助は無実だったのではないかという疑いが出て来たそうです」

「なんと」

「結局、その事件はうやむやのうちに終わってしまったそうですが、なんか気になりませんか」

「ええ。もし、重助が無実だったとしたら……」

重助に関わりある者が重助に罪をなすりつけた者に復讐をはじめた。そういう解釈もなり立つ。

「そこで、矢内さまにお願いが」

磯平は遠慮がちに言う。

「なんでしょう。なんでも仰ってください」

「はい。その事件について調べていただけないでしょうか。じつは、あっしらが調べるのはどうもまずいんですよ。これがほんとうに冤罪《えんざい》事件だとはっきりしているのなら遠慮なく動けるのですが……」

「いいですよ。構いません。私が調べてみましょう」

栄次郎は即座に引き受けた。

もし、このことが今回の連続殺人に関係しているのなら、政吉も何らかの形で関係している可能性が出てきた。

「すみません。じつは、矢内さまに手伝ってもらえというのは崎田さまのお考えのようでした」

「崎田さまが？」

「お秋さんの家でよくお会いしますから。ともかく、重助の事件を調べてみます」

「崎田さまは、かなり矢内さまを信頼しているようですね」

「お願いいたします。事件のことは重助が住んでいた南六間堀町《みなみろつけんぼりちょう》の弥太郎店《やたろうだな》の住人が詳しいようです」

「南六間堀町の弥太郎店ですね」

「はい。じつはお詫びをしなければならないのですが、弥太郎店の大家の富五郎《とみごろう》に、矢内さまが事件について訪ねてきたら詳しく話すように伝えてあります。すみません。勝手な真似をして」

「いえ、かえって助かります」

「お手伝いすることがあればなんでもいたしますが、くれぐれも公太親分には我々のことは悟られないように」

「わかりました。ところで、殺された又五郎と田之助の十年前を調べたほうがいいかもしれませんね」

「ええ、調べてみます」

栄次郎は政吉のことを口に出せなかった。もしかしたら、重助の冤罪事件に政吉もなんらかの形で関わっているかもしれないのだ。

磯平が引き揚げてから、栄次郎は改めてお秋の家の二階に上がった。

政吉は公太という名前を告げても知らないと言った。深川に住んでいたなら、岡っ引きの公太を知っていたはずだ。なぜ、知らないと言ったのか。まさか、岡っ引きだとは思わなかったのだろうか。

いずれにしろ、政吉に重助の件をきいても正直に答えるかどうかわからない。場合によっては警戒されてしまうかもしれない。

重助の件を詳しく調べてから、政吉に切り出すべきだと思った。

半刻（一時間）ほどいただけで、栄次郎はお秋の家を出た。

浅草御門を抜けて、芝居小屋や軽業《かるわざ》、水茶屋、楊弓場、さらにはわらび餅、饅頭売りの店などが出て賑わっている両国広小路を突っ切り両国橋を渡る。

向両国《むこうりようごく》も両国広小路に負けず劣らずに賑わいを見せている。栄次郎は竪川《たてかわ》のほうに折れ、二ノ橋を渡った。

弥勒寺《みろくじ》の前を通り、北森下町に差しかかる。

古着屋の『河内屋』はかなり大きな店だった。客の出入りも多く、繁昌しているようだ。十年前、ここに押込みが入り、奉公人の善吉を殺し、十両を奪って逃走した。

栄次郎は『河内屋』の前を素通りして南六間堀町の弥太郎店に向かった。

長屋木戸の脇に大家の富五郎の家があった。雑貨屋をやっている。栄次郎は雑貨屋の土間に入り、店番の年配の女に声をかけた。

「富五郎さんはいらっしゃいますか。私は矢内栄次郎と申します」

「はい。少々お待ちを」

富五郎の妻女らしく、女は振り返って奥に向かって声をかけた。

「おまえさん、矢内さまですよ」

すぐにでっぷりした五十前後の鬢《びん》の白い男が出て来た。

「富五郎です。磯平親分から伺っています。さあ、どうぞ、お上がりください」

「では、失礼します」

栄次郎は腰の大刀を外し、右手に持ち替えて板敷きの間に上がった。

すぐ脇の小部屋に案内された。

「でも、今になって、重助のことを調べてもらえるとは思いませんでした」

磯平は連続殺人の件を話していないようだ。

「まだ正式な調べではないのです」

「重助はひとを殺せるような男ではないんです。何かの間違いだったんです」

富五郎は憤慨して言う。

「重助さんには家族は？」

「いません。天涯孤独《てんがいこどく》でした」

「いくつだったのですか」

「四十二の厄年《やくどし》でした。厄払いに行けというのを、そんなの迷信だと言って取り合わなかったんです」

「失礼します」

さっきの妻女が茶をいれてくれた。

「すみません」

「いえ、どうぞ」

湯呑みを置いて下がった。

「事件の詳しいことを教えていただけますか」

茶を一口すすってから、栄次郎はきいた。

「はい。重助は『河内屋』出入りの職人でした。はっきり覚えています。十年前の八月二十五日です。長屋に、公太親分がやって来て重助をしょっぴいて行きました。『河内屋』の奉公人の善吉を殺し、十両を奪った疑いがあるということでした」

「証拠はあったのですか」

「事件があったのは八月十九日でした。河内屋さんが外出先から帰り、自分の部屋に行くと奉公人の善吉が死んでいて部屋の手文庫が荒らされていた。それで大騒ぎになり、番頭が自身番に訴え出たというわけです」

「家族や他の奉公人は、善吉が殺されたことに気づかなかったんですね」

「ええ。まったく気づかなかったそうです。そのことも、重助が疑われた理由のひとつでした。というのは、外から賊が侵入した形跡はなかったからでした。重助は夜の六つ半（午後七時）に『河内屋』を訪れているのです。旦那に呼ばれたということでしたが、河内屋さんが留守だとわかると、ぶつぶつ言いながら引き揚げて行ったそうです。ですが、重助は引き揚げたと見せかけて、庭に潜り込んで、旦那の部屋に忍び込んだ。そのとき、善吉に見つかり、棚にあった花瓶で頭を殴ったとされたのです」

「重助さんの言い分は？」

「河内屋さんに呼ばれ、六つ半に旦那を訪ねた。ところが外出していたので、出直そうと思っていったん『河内屋』から離れ、冬木町《ふゆきちょう》にある居酒屋で時間を潰し、五つ(午後八時)にもう一度出向いたということです。ところが、気が変わって、明日出直そうと思い、そのまま長屋に帰ったということでした」

「それだけで、重助さんが疑われたとは思えませんが」

栄次郎は疑問を呈した。

「ええ。じつは重助の家の竈《かまど》の下から『河内屋』の屋号の入った巾着《きんちゃく》が出て来たんです。その中に、十両が入ってました」

「重助さんはなんと？」

「知らないと言い張りましたが、十両が出て来たことが動かぬ証拠になってしまいました。それで、三日後にしょっぴかれました」

「重助さんが無実ではないかと思われたのはどういうわけからですか」

「まず、重助はそんな大それたことの出来る人間ではないってことです。それから、事件のあった夜、長屋に帰って来た重助に会いましたが、ふだんと何ら変わったことはありませんでした。ひとを殺してきた様子はまったくなかった」

富五郎は湯呑みを口に運んでから、

「重助は腕のいい表具師《ひょうぐし》でした。性格は癖がありましたが、それは腕のいい職人によくあることでした。『河内屋』さんには世話になっていると常々言い、感謝していました。そんな『河内屋』を裏切るような真似をするはずはありません」

「重助が六つ半に『河内屋』の旦那を訪ねたのは、どういうことでしょうか」

「そこも変なんです。旦那の使いが来たから訪ねたと重助は言っているんですが、河内屋さんはそんな使いを出していないと言うことでした」

「重助さんが嘘をついていると思われたのですね」

「そうです。そうそう、それから重助の犯行の動機は河内屋さんから叱責されたことを恨みに思ってのことだとされました」

「叱責された？」

「はい。一度、重助さんの襖の張り替えが雑だったそうです。それで、河内屋さんが叱ったことがあったそうです。そのことを根に持っていたのかもしれないと、河内屋さんは言っていたそうです。でも、さっきも言ったように、重助は河内屋さんには恩誼を感じていたんです。裏切るような真似をするはずはありません」

「そうですね」

富五郎の言葉は重助側に立っての言い分だ。そのまま鵜呑《うの》みにするわけにはいかないが、それでも重助の犯行だとするには問題があるようだ。

ただ、重助の家から十両が見つかったことはどう説明するのか。河内屋の使いの件を考えると、何者かが重助を陥《おとしい》れたという可能性も否定出来ない。

「重助さんは誰かに陥れられたということでしょうか」

栄次郎はその点を確かめた。

「ええ、そうだと思います。ただ、重助を陥れようとする人間には皆目《かいもく》見当がつきません。さっきも言いましたように、重助は偏屈《へんくつ》な男ですが、ひとから恨まれるような人間ではありません」

「しかし、十両が見つかったということは、何者かが重助さんの留守に十両を置いていったということですよね」

「ええ」

「事件のあった翌日か翌々日、誰か重助さんを訪ねて来ませんでしたか」

「いえ。そのことは公太親分が長屋の人間からきき出していましたが、誰も怪しい人間を見ていませんでした。ただ、長屋の連中の目を盗んでこっそりやって来たかもしれません。そういう人間が見つからなかったことも、重助には不利でした」

「そうですか」

大家の富五郎ひとりから聞いただけでは不十分だ。

「長屋のひとからも話を聞きたいのですが、どなたかお引き合わせくださいませぬか」

「いいでしょう。そろそろ、長屋の男連中も帰って来る頃です」

妻女が行灯に火を入れにきた。部屋の中は薄暗くなっていた。

「いや、いい。出かける」

富五郎は妻女に言い、

「行きましょうか」

と、栄次郎に声をかけて立ち上がった。

富五郎に続いて長屋の路地を入って行く。仕事帰りらしい半纏姿の男がどこかの家に入るところだった。

「卓蔵《たくぞう》」

富五郎が声をかけた。

「大家さん」

腰高障子から手を外して、卓蔵と呼ばれた男が顔を向けた。四十前後で浅黒い四角い顔をしている。

「こちらは矢内さまとおっしゃって内密で十年前の重助の事件を調べていなさる」

「へえ、ほんとうですかえ」

卓蔵は目を丸くして、栄次郎を不思議そうに見た。十年前の事件を今さら調べ直そうという人間がいることが信じられないのだろう。

「そのことできói?きたいことがあるそうだ」

「へえ、どんなことでしょうか」

栄次郎は改めて名乗ってからきいた。

「重助さんとは親しかったのですか」

「隣り同士でしたからね。よく、酒を買ってきて部屋でいっしょに呑みました」

「事件の前、重助さんはふだんと違うことはありましたか」

「いえ。まったく同じ調子でした」

「誰かから恨まれているようなことはなかったんでしょうか」

「ありません。ぶすっとしてとっつきにくそうな印象ですが、根はいい人間でしたよ」

「事件の次の日も重助さんに会っているんですよね」

「ええ。そんときも、まったくふだんと同じでしたよ」

「『河内屋』の使いが嘘だったわけですが、そのことについて何か言ってましたか」

「悪いいたずらをする奴もいるもんだと怒ってました」

「いたずらをした理由、あるいはいたずらを仕掛けた人間について心当たりはありそうでしたか」

「いえ、しきりに首を傾げてました」

「『河内屋』の奉公人の善吉ともめてはいなかったのですか」

「いえ、聞いたことはありません」

「あなたは重助さんは無実だと思っているんですね」

「もちろんです。あんな人間がひと殺しなどするはずはありませんよ」

「竈の下から十両が見つかったそうですね」

「そうです。誰かが重助をはめやがったんだ」

卓蔵は顔をしかめた。

「そんな人間に心当たりはありませんか」

「ねえから始末が悪いんです。重助はひとさまから恨みを買う人間じゃありませんから」

「すると、たまたまひとのよい重助さんが利用されたということになりますね」

「矢内さま。利用されたとおっしゃいますと?」

富五郎が口をはさんだ。

「重助さんを罠にはめることが目的ではなく、何者かが己の犯行を晦《くら》ますために重助さんを利用したということです」

「そいつは誰なんでえ」

卓蔵が吐き出すように言う。

「重助さんのことをよく知っている人間です。つまり、『河内屋』と重助さんの両方をよく知る人物でしょう」

「両方を……」

富五郎が目を細めた
「そんな人間に心当たりはございませんか」

「あっしは『河内屋』とはつきあいがねえから」

卓蔵は首を横に振った。

「そうですな。ちょっと思い浮かびません」

富五郎も答える。

「『河内屋』に出入りをしている職人をどなたか知りませんか」

「さあ」

卓蔵は小首を傾げた。富五郎も特には思い出しもしないようだ。

「長屋のほかのひとたちにきいておいていただけませんか」

「わかりました。聞いておきましょう」

富五郎は答える。

「もし、何かわかったら、今度来たとき教えてください」

「何かあったのかえ」

ふいに背後で声がした。行商人らしい男が近寄って来た。

「ああ、勘助《かんすけ》か。じつは、こちらの矢内さまが……」

富五郎が経緯を話した。

「そうですか。重助のことで。でも、今になってどうして調べているんですかえ」

「奉行所で過去の未解決の事件を整理をしているそうです。その中で、重助さんの事件に行き着き、内密に調べることになったのです。正式ではないので、私が内密の調べをしているところです」

栄次郎は言い訳をする。

長屋の女房たちも家から出て来て、話に加わっていた。

女房たちも口々に、重助は無実だと訴えた。そして、岡っ引きの公太への批判が留まることを知らなかった。

「あの男は情け容赦もなく思い込みで重助さんを捕まえた。もっと慎重に調べればいいのに……」

「そういえば、あの岡っ引きは重助さんに含むところがあったみたいよ」

女房のひとりが声をひそめて言い出した。

「含むところってなんですか」

栄次郎はきいた。

「一度、永代寺の前で、公太親分が饅頭《まんじゆう》を盗み食いした貧しい母子をしょっぴいていこうとしたんです。そこに通りかかった重助さんが、饅頭ぐらいで目くじらをたてず、お目溢《めこぼ》ししてあげたらいかがですかと口出ししたんです。そしたら、公太親分はだめだと言った。おかみにはご慈悲ってものがあります。親分にはないんですかと言い返したんですよ。周囲には野次馬がたくさん集まっていて、その野次馬の中から、鬼という声がしました。公太親分は真っ赤になって野次馬に向かって、今叫んだのは誰だとむきになりました。もちろん、叫んだ人間はひとの陰に隠れてしまいました」

女房はひと息をついて、

「その間に、重助さんは饅頭屋の亭主に饅頭の金を払ってやった。それでも、公太親分は母子をしょっぴこうとした。そしたら、またどこからか、鬼という声が聞こえました。それも、今度はひとりではありません。何人も。そこに、同心の旦那がやって来て、公太親分をなだめて……」

「そんなことがあったのか」

富五郎は驚いて言う。

「ええ。私はあとで、公太親分から仕返しされないかしらって重助さんに言ったことがあるんです。それから数カ月後にあの事件ですから」

「なぜ、あのとき、その話をしなかったんだ？」

富五郎が不満を口にした。

「そんなこと言ったら、今度は私がいやがらせを受けてしまいますよ」

女房はむきになって反論する。

「たとえ、そのことを言ったとしても通じなかったと思いますよ。公太親分はそのことは別問題だと答えるはずです」

栄次郎は口をはさんだ。

「まあ、そうですな」

富五郎は溜め息をついた。

家の中から、お腹が空いたと子どもの声がした。

「あら、いけない」

女房のひとりが家に引き揚げると、別の女房もあわてて家に戻って行った。

「とんだお騒がせをしてしまいました」

栄次郎は詫びた。

「いえ、今からでも重助の名誉が挽回出来るなら、ぜひそうしてやりてえ。まあ、それを願っている人間はこの長屋の住人ぐらいしかいないだろうけど」

卓蔵はしんみり言う。

「わしだって、店子《たなこ》から罪人を出したということでお咎めをこうむるところだった。重助が詮議中に亡くなったので、うやむやになったが……」

富五郎は口惜しそうに言う。富五郎にとっては大家としての名誉を回復する機会でもあるのだ。

「長々とありがとうございました」

栄次郎は長屋をあとにした。

十年前のことなのに、皆きのうのことのようによく覚えていた。それだけ、長屋のひとたちには大きな出来事だったのだろう。

栄次郎が竪川に向かって歩いて行くと、後ろから追って来る声があった。

「矢内さま」

栄次郎は立ちどまって振り返った。

息せき切って駆けて来たのは、途中から話に加わった勘助だった。

肩で息をしながら、

「大家さんから聞きましたが、『河内屋』に出入りの職人のことを知りたいそうですね」

と、口にした。

「ええ、ご存じですか」

「はい。『だいしん』の棟梁《とうりょう》は『河内屋』に出入りをしていますぜ」

「『だいしん』?」

「大工の信三棟梁です」

「信三？」

栄次郎はあっと思った。

書置きの名前に信三があった。偶然か。いや、公太に信三。偶然とは思えない。

「『だいしん』はどこにあるのですか」

「冬木町《ふゆきちょう》です」

「信三さんはいくつぐらいですか」

「四十半ばでしょうか。七年ほど前に、棟梁になったんです。腕がいいという評判です」

「そうですか。ところで、つかぬことを伺いますが、又五郎あるいは田之助という男を知りませんか」

「又五郎に田之助ですか」

勘助は首をひねった。

「さあ、思い出せません」

「そうですか。いえ、でも、助かりました」

栄次郎は礼を言った。

勘助が来た道を戻って行ってから、栄次郎は竪川に向かって歩きはじめた。

本郷の屋敷に帰り着いたのは四つ（午後十時）近かった。

母はもう休んでいるようだ。廊下を静かに歩き、自分の部屋の前までやって来た。すると、兄の部屋の襖が開いた。

「栄次郎。ちょっといいか」

「はい」

自分の部屋に刀を置いてから、栄次郎は兄の部屋に行った。

兄と差し向かいになる。

「深川のほうですか」

兄は深川仲町《なかちょう》のおぎんという遊女を気に入っている。兄嫁に先立たれ、いつまでも悄気《しょげ》ている兄を強引にその遊女屋に連れて行ったところ、栄次郎の想像を超えてすっかり病み付きになってしまった。場末の女ながら、開けっ広げで飾らず、身分差も関係なく、気を使わずにつきあえるのだ。

「いや。そうではない」

兄は厳しい顔で答えるが、兄はふだんからそのような表情なのだ。生真面目、堅物《かたぶつ》、融通がきかない。そんな印象を受けるが、じつはどうしてなかなかの遊び人だ。そのことを知ったのは深川の遊女屋でだった。栄次郎が顔を出したとき、女たちの笑い声が聞こえた。中心になって座を盛り上げていたのが兄だった。兄の違う一面に戸惑いながらも、頼もしく思ったものだ。

「栄次郎」

「はい」

「じつは御目付から漏れ聞いたのだが、どうも岩井さまは何か難題を抱えているようだと仰っていた」

「岩井さまが?」

岩井文兵衛のことである。

今は隠居の身であるが、かつて文兵衛は一橋《ひとつばし》家で用人《ようにん》をしていた。当時の一橋家の当主は二代目の治済《はるさだ》であった。現十一代将軍家斉《いえなり》の実父であり、大御所《おおごしょ》として絶大な力を誇っていた。

その治済がまだ一橋家にいた頃、栄次郎の父も一橋家の近習番だった。つまり、文兵衛と父はその頃からのつきあいだった。

その矢内の父から受けた影響の一番はお節介焼きのことだろう。矢内の父はとにかくひとの難儀を見捨てておけない性分で、自分の損得を度外視してひとのために尽くした。

その矢内の父と栄次郎は血のつながりはない。栄次郎は治済が旅芸人の胡蝶《こちょう》という女に生ませた子だったのだ。

「岩井さまの身に何か災いが降りかかっているのではないかと気になってな。ひとこと、そなたにも告げておいたほうがよいと思ったのだ。最近、岩井さまとは？」

「お会いしていません」

岩井文兵衛は端唄《はうた》を嗜《たしな》む粋人《すいじん》で、栄次郎の弾く三味線で唄うのを楽しみとしている。ときたま、薬研堀《やげんぼり》の料理屋に招かれているのだが、最近は無沙汰《ぶさた》だった。

「何があったのでしょうか」

栄次郎は気になった。

「お屋敷で何かあったのか」

「岩井さまは隠居の身。家督を継がれたご子息に何らかの災いがあったのでしょうか」

「じつは西丸御徒目付《にしのまるおかちめつけ》の者から聞いたそうだが、岩井さまを先日、西丸でお見かけしたそうだ」

「西丸？　大御所さまの身に何か」

西丸に将軍家斉の実父治済が住んでいる。

「いや。そこまでの話は聞いていない」

大御所の容体の急変ではないようだ。

「栄次郎。大御所さまがわざわざ病床に岩井さまを呼んだのはそなたのことではないだろうか」

「えっ？　私のこと？」

「そうだ。例のこともある」

兄は厳しい顔をした。

将軍家斉の実父である治済は栄次郎にとっても父親であるが会ったことはない。

そもそも岩井文兵衛と栄次郎の縁は、治済が栄次郎に尾張《おわり》六十二万石を継がせようとしたことに端《たん》を発している。

治済は旅芸人の胡蝶の夢を見た。胡蝶は栄次郎を頼みますと訴えたらしい。それで、治済は栄次郎を取り立ててやりたいと思い、まず栄次郎に器量があるかをためそうとした。

その役目を負ったのが文兵衛だった。そして、文兵衛の進言によって、治済は栄次郎に尾張六十二万石を継がせようとした。

それまでは治済は孫にあたる斉朝《なりとも》を尾張藩主徳川宗睦《むねちか》の養子に決めていた。それを突然、翻《ひるがえ》したのだ。

栄次郎を一橋家に養子に入れ、それから一橋家の人間として尾張家に行く。そういう算段をした。

だが、栄次郎はこの話を断った。尾張六十二万石の藩主の座より市井の片隅で三味線弾きとして生きて行く道を選んだのだ。

文兵衛とはそれ以来のつきあいである。

「岩井さまは大御所の信頼の厚い御方だ。不謹慎なことを言うようだが、遺言のようなものを託されたのかもしれぬが……」

治済は高齢であり、今は病床に臥している。兄の言うように、文兵衛に何かを託そうとしたのか。

「それから岩井さまは何かを気に病んでいるらしい」

兄はふと身を乗り出した。

「岩井さまが気に病むとしたら、栄次郎のことではないだろうか。またぞろ、栄次郎をどこぞに取り立てようと岩井さまにお命じになられたのではないか」

「いえ。そんなことは考えられません」

栄次郎は言下《げんか》に否定した。

「あのとき、私の気持ちははっきり岩井さまにお伝え申し上げました。岩井さまもそのことをしっかりと大御所さまにお伝えし、諒解していただいたと聞いております」

「なれど、また気になりだしたとも考えられる。岩井さまが苦しんでいるのは、それゆえでないかと気になってな」

兄は表情を曇らせた。

「兄上。ご心配なさらないでください。何があろうと、私はあくまでも矢内栄次郎です。そして、兄上の弟であることに変わりはありません」

「うむ。よう言ってくれた」

安心したように、兄は表情を綻ばせた。

が、すぐ表情を引き締め、

「だが、岩井さまが難題を抱えているらしいことは間違いない。いずれ、岩井さまから呼出しがあるやもしれぬ。そのつもりで」

「わかりました」

「うむ。夜分にすまなかった」

「お休みなさい」

栄次郎は立ち上がった。

自分の部屋に戻ってから栄次郎は改めて岩井文兵衛に思いを馳せた。

文兵衛は治済の信任は厚い。よほどのことを文兵衛に話したのかもしれない。いったい何か。

兄が気にしていたように、自分のことだろうか。

長く病床に臥している治済はまた胡蝶の夢を見て、栄次郎のことが気になりだしたか。胡蝶とは二度と会えなかっただけに晩年になって記憶が蘇ってきたのか。

ともかく、もし栄次郎に関係したことならば、近いうちに文兵衛から呼出しがあるはずだ。

そう思いながらふとんに入る。が、重助の事件のことが蘇ってきて、寝つけなかった。

書置きにあった公太と信三のふたりの名が浮上した。これで五人の名前がわかったことになる。

いよいよ核心に近付いたような手応えを感じた。

第二章　動機

一

ようやく残暑も峠を越したようで、日中も爽やかな風が吹いて過ごしやすくなった。

栄次郎は阿部川町の政吉の家に行った。店番をしていたおもんがすぐに奥に行き、政吉を呼んできた。相変わらず、蒼白い顔だった。

「矢内さま。いらっしゃいまし」

「政吉さん。ちょっとよろしいですか」

栄次郎はこの前のように、外に誘った。

「わかりました」

新堀川までやって来て、栄次郎は口にした。

「じつは書置きに記された名前の公太と信三という男が見つかりました」

「見つかったのですか」

「公太は五年前まで深川を縄張りにしていた岡っ引きでした。信三は大工の棟梁です。

政吉さん、ご存じありませんか」

政吉は顔を背《そむ》けるように川っぷちに向かった。

栄次郎はその背中を見つめた。何かを打ち明ける気だと思った。

栄次郎が声をかけようと思う前に政吉が振り返った。

「栄次郎さん。公太という名前を聞いても、それがまさか岡っ引きの公太親分だとは気づきませんでした。信三さんはちょっと思い出せません」

「そうですか」

栄次郎は頷いてから、

「北森下町にある『河内屋』を知っていますか」

と、さらにきいた。

「知っています」

「どうして知っているのですか」

「小間物の商売で出入りをしていました」

「十年前、『河内屋』で事件があったことを覚えていらっしゃいますか」

「はい。押込みがあって奉公人が殺されたのでしたね」

「そうです。この事件の犯人を覚えていますか」

「名前は覚えていませんが、牢内で死んだと聞きました」

「そうです。重助という『河内屋』出入りの職人でした。ところが、長屋のひとたちは重助は無実だったと信じているのです」

「その話も聞いたことがあります」

政吉は答えた。

「政吉さんは重助さんをご存じなのではありませんか」

「いえ」

「又五郎と田之助殺しは重助の一件と関わりがある可能性もあります。そこから犯人が洗い出せる可能性があります。政吉さん。思い出してください」

「はい……」

政吉は何かを隠している。そんな気がした。

「政吉さん。もし、何か思い出したら教えてください」

「わかりました」

「これからもしばらくは夜の外出は控えてください。どうしてものときは、また私に声をかけてください」

「ありがとうございます」

政吉は引き揚げて行く。

何かを隠している。栄次郎はそう確信した。


政吉と別れてから、栄次郎は深川を目指した。

蔵前から浅草御門を抜け、両国広小路を両国橋に向かうと、薬研堀《やげんぼり》のほうに人だかりがして騒がしかった。

栄次郎が立ちどまってそのほうを見ていると、薬研堀のほうからやって来た荷を背負った行商の男が、

「人殺しだそうですよ」

と、教えてくれた。

栄次郎は駆けた。まさか、第三の殺しではないのか。そう思いながら、薬研堀に向かうと、柳の木の周辺に人だかりがしていた。

野次馬をかき分け、前に出ると、羽織姿の男が仰向《あおむ》けに倒れていた。傍らに、同心

といっしょに磯平の姿があった。

「親分」

栄次郎は前に出て声をかけた。

「矢内さま」

磯平が近付いてきた。

「身元はわかったのですか」

「じつは『河内屋』の主人の翫右衛門《がんえもん》でした」

「えっ？『河内屋』って、あの重助事件の『河内屋』ですか」

「そうです。札入れの中に所書きがありました。河内屋翫右衛門に間違いありません。

ところが……」

磯平が難しい顔をした。

「ホトケの懐に例の書置きが残されていました。そこには『天誅、信三』とありました」

「『天誅、信三』？」

「ええ。例の五人の名前といっしょに」

「どういうことなのでしょうか。まさか、犯人がひと違いを？」

そんなことは考えられないと思いながら、栄次郎は口にした。

「わかりません。ですが、殺しの手口は同じです。匕首で心の臓と腹部を刺しています」

「殺されたのは昨夜ですか」

「そうです。死後半日経っています。詳しいことは、『河内屋』の人間が来てからだと思います」

「磯平」

同心が呼んだ。

「じゃあ、あっしは」

「すみません」

磯平は同心のもとに戻った。

栄次郎は書置きのことに思いを馳せた。

又五郎、田之助、信三、公太、政吉と書き記されていたが、甑右衛門の名前はなかった。そのことからすると、信三を殺すつもりが、甑右衛門を殺してしまったことになるのだが……。

下手人が別人とは思えない。

駕籠がやって来た。内儀ふうの女が番頭らしき男といっしょに野次馬をかき分けて現場にやって来た。

磯平が迎えに出た。

ふたりはホトケのそばに行く。磯平が莚《むしろ》をめくると、内儀が泣き崩れた。

磯平と同心が内儀と番頭に話を聞いている。磯平の表情に軽い驚きの色が見えた。

何か新しい事実がわかったのか。

しばらくして、磯平が近付いてきた。

「矢内さま。意外なことがわかりました」

そう前置きして、磯平が続けた。

「甑右衛門は以前は『河内屋』の手代だった男で、その当時の名前は信三と言ったそうです」

「信三？」

確か、『河内屋』出入りの大工の棟梁も信三という名だった。

「そうでしたか。でも、なぜ、下手人は甑右衛門と記さなかったのでしょうか」

「さあ」

磯平も小首を傾げた。

栄次郎は両国橋を渡り、さらに竪川を渡って深川に入った。

高橋《たかばし》を渡り、小名木川《おなぎがわ》沿いに冬木町までやって来た。『だいしん』という大工の信三の家はすぐにわかった。

天気がいいので、普請場に出かけているかもしれないと思ったが、信三はまだ家にいた。午後から、海辺大工町《うみべだいくちょう》の普請場に出かけることになっていたという。

信三は栄次郎の訪問を訝《いぶか》りながら、客間に通した。

栄次郎が名乗ったあと、

「いったいどのようなことでしょうか」

と、信三はきいた。

「『河内屋』さんをご存じですか」

「『河内屋』？　古着屋の？」

「はい」

「ええ。出入りをさせていただいています」

「主人は甑右衛門どの？」

「そうです」

「甀右衛門どのの昔の名前をご存じですか」

「ええ、信三と仰るんですね」

棟梁の信三が答える。

「じつは、ゆうべ甀右衛門どのが亡くなりました」

「亡くなった？　どうしてまた……。病気だとは聞いていませんでしたが」

「殺されたのです」

「殺された？」

信三は啞然とした。

「棟梁は、又五郎、田之助、政吉という男に心当たりはありませんか」

「田之助という名には心当たりがあります」

「どういう関係ですか」

「昔、『河内屋』で荷の積み下ろしをしていた男に田之助という男がおりました。『河内屋』の奉公人ではありませんが、もっぱら『河内屋』に出入りをしていました。よく、『河内屋』で顔を合わせました」

「そうですか。又五郎と政吉についてはどうですか」

「いえ、ちょっと思い出せません」

「十年前、『河内屋』で事件があったことを覚えていますか」

栄次郎は持ち出した。

「ええ。出入りの職人が盗みに入り、見咎められて奉公人を殺してしまった事件ですね。犯人はすぐに捕まったそうですが」

「ええ。捕まったのは出入りの表具師の重助という男でした。でも、重助は無実を訴えながらお裁きが下される前に亡くなりました」

「そうでした」

信三は頷く。

「信三さんは重助とは？」

「ええ、何度も顔を合わせました。ぶすっとした男でしたが、根はいい人間でした」

「重助さんは無実ではないかという話があったそうですね」

「ええ。そうらしいですね」

「あなたはどう思いましたか」

「あんなばかな真似をするような男には思えませんでしたが、お縄になったのですから、それなりの証拠があったのではありませんか」

信三は重助の犯行を疑ってはいないようだった。

「岡っ引きの公太親分はご存じですね」

「ええ、知っています。重助さんをお縄にしたのは公太親分でしたね」

「ええ。公太親分とは事件のことで話したことはありますか」

「事件のあと、重助さんのことを聞きに来ました。事件に関してはそのとき話しただけです」

「どんなことをきかれたのですか」

「重助さんが金に困っていなかったかとか、何か犯行をほのめかすようなことを口にしていなかったかなどきかれた覚えがあります」

「なんと答えたのでしょうか」

「それほど親しい間柄ではないので、そういう話をしたことはないと答えたはずです」

信三に何かを隠しているような感じはなかった。

「矢内さま。河内屋さんが殺されたことと重助の事件が何か関係しているんですか」

信三は何かを察したようにきいた。

「奉行所の人間が信三さんから話を聞きに来るかもしれませんが、じつは十数日前に又五郎という男が殺され、その懐に書置きが残されていて、『天誅・又五郎』と記されていたそうです」

「その書置きには他の名前が書かれていました。田之助、信三、公太、政吉。そのうち、田之助が殺されました」

「天誅……」

「………」

信三は口を半開きにした。

「そして、きのう『河内屋』の甑右衛門。じつは甑右衛門が以前は信三と名乗っていたことを知りました」

栄次郎は間を置いてから、

「書置きには『天誅・信三』とありました」

「まさか、下手人が狙っていたのは、ほんとうは私だということは……」

信三の声が震えている。

「最初はそうだと思っていました。しかし、甑右衛門が信三という名だとしたら、あなたではないでしょう」

「そうですか」

信三はほっとしたように言い、

「では、一連の殺しは重助さんの事件と関わりがあるということですか」

「そう考えるほうが自然だと思いますが、まだはっきりしたことはわかりません」

栄次郎は言ってから、

「もし、そうだとしたら、重助さんの恨みを晴らそうとする人間に心当たりはありませんか」

「さあ。さっきも申し上げましたように、重助さんとはそれほど親しい間柄ではありませんでしたから。ただ、重助さんは独り身で、身内は誰もいないようなことを言っていました」

「ええ、長屋のひともそう仰ってました」

身内でもない人間が十年後に復讐をはじめるだろうか。もはや、恨みもすっかり忘れている頃ではないか。

「親方、そろそろ出かける時刻ですが」

半纏姿の若い男が信三に声をかけた。

「わかった」

信三は応じてから、

「すみません。これから普請場に顔を出さなければなりませんので」

「いえ、お忙しいところをお邪魔しました」

「何かありましたら、遠慮なくお訪ねください」

「そのときはお願いいたします」

そう言い、栄次郎は信三の家を辞去した。

栄次郎は元岡っ引きの公太を訪ねようとしたが、礒平を差し置いてはまずいだろうと思い、それより、もう一度、政吉に会うべきだと思った。


栄次郎は深川から浅草阿部川町にやって来た。

『悠木屋』の店に入ると、政吉が店番をしていた。

「矢内さま」

「すみません、たびたび」

「いえ。今、家内は買い物に出ています。どうぞ、こちらに」

板の間に招じた。

栄次郎は腰から刀を外して上がり込んだ。

「『河内屋』の甑右衛門が殺されたのをご存じですか」

板の間で差し向かいになってから、栄次郎はきいた。

「河内屋さんが？」

政吉は目を丸くした。

「い、いつですか」

「昨夜です。今朝、死体が発見されたそうです」

「………」

「政吉さんは、甃右衛門が以前は信三と名乗っていたことをご存じでしたか」

「いえ」

「書置きには甃右衛門ではなく、信三と記されていました。つまり、下手人は信三と名乗っていた頃からの甃右衛門を知っていることになります」

「そうですね」

「一連の殺しの下手人は、重助さんの事件に関係している人間を殺そうとしているのかもしれません。それが逆恨みとはいえ、政吉さんもなんらかの形で、その事件に関わっているように思えるのですが」

「私も一生懸命に考えてみたのですが……」

政吉はこめかみに手を当てて、

「ちょっと記憶はあやふやなのですが、事件のあった日の夜、私は『河内屋』の前を通ったんです。そのとき、裏道から走って来た男とぶつかりそうになりました。いえ、重助さんではありません。細身の男でした。次の日、『河内屋』で事件があったことを知り、ぶつかりそうになった男を思い出したんです。そしたら、私の長屋に訪ねて来た男がいました。ぶつかりそうになった男でした。その男は匕首を突き付けて、よけいなことを喋ったら殺すと威したんです。私は黙っていることを約束させられたんです」

政吉は肩をすくめてから、

「重助さんが捕まったあと、私は何度か公太親分のところに行きました。でも、匕首を突き付けられたことを思い出して何もいえませんでした」

なるほど。そのことが政吉の名を書置きに記した理由だろうか。

「政吉さんが細身の男とすれ違ったことを知っている者がいたのですね。誰か心当たりはありませんか」

「わかりません」

「その話を誰かにしたことは？」

「重助さんが牢屋敷で死んだと知ったとき、私は酒をあびるほど呑みました。酔っぱらって介抱してくれたひとに、もしかしたら口走っていたかもしれません。いえ、私は後ろめたい気持ちからきっと話していたと思います」

「誰に話したか、覚えていないのですね」

「はい。まったく、覚えていません。ただ……」

「ただ、なんですか」

「重助さんが死んでからしばらくしたあと、例の細身の男を見かけたことがありました。ふたり連れでした。わたしはすぐ天水桶《てんすいおけ》の陰に身を隠したのですが、通りすぎるとき、もうひとりの男が細身の男を又五郎と呼んでいたことを思い出しました」

政吉はいっきに話してから、

「矢内さま。今度狙われるのは私でしょうか」

政吉は怯えた。

「いえ、はっきりした今、奉行所に守ってもらいましょう。すべてお話ししていただけますね」

「わかりました」

政吉は強張《こわば》った表情で頷いた。

さっそく磯平にすべて話そうと、栄次郎は政吉の店を辞去した。

二

磯平と会えたのは翌日のことだった。

各町の自身番に寄って、行き先を訊ねたが、結局わからず、言伝《ことづ》てをして、お秋の家に行った。

栄次郎が三味線を弾いていると、お秋が二階に上がって来て、磯平がやって来たことを告げたのだ。

磯平を二階に誘おうとしたが、逢引きの男女が部屋を借りに来たらまずいと思い、栄次郎は階下に行き、いつものように大川端に行った。

「矢内さま。何か」

「親分のほうは何かわかりましたか」

栄次郎はきいた。

「ゆうべ、甀右衛門は夜になって『河内屋』を駕籠で出かけ、薬研堀にある『たかつき』という料理屋に上がりました。女将や女中を相手に一刻（二時間）ほど過ごして、五つ半（午後九時）過ぎに『たかつき』を出ました。途中で駕籠を拾うからと歩いて帰ったそうです」

「下手人と待ち合わせていたのかもしれませんね」

「ええ。聞き込みで、大川辺の暗がりに甀右衛門らしき男がひとりで佇んでいるのを、料理屋からの帰りの客が見ていました」

甀右衛門は何者かに誘《おび》き出されたのだ。甀右衛門がのこのこ出て行く相手とは誰だろうか。

「重助の件ですが、重助が怪しいと最初に公太親分に告げたのが甀右衛門だそうですから、やはり甀右衛門は重助の仲間からは恨みを買っていただろうと内儀や番頭などの話でした」

「ますます、重助絡みの犯行の公算が大きいようですね」

栄次郎は応じてから、

「じつは、重助の長屋の住人から、重助と同じように『河内屋』に出入りをしている職人について聞いたところ、信三という大工の棟梁がいることがわかりました」

「信三？」

「ええ、甀右衛門の前名と同じです。書置きの信三はてっきり大工の棟梁かと思いましたが、違ったようです」

「ええ、書置きの信三は甑右衛門に違いないと思います」

「そうでしょう。そこで、もうひとり、じつは今まではっきりしなかったのでお話をしていなかったのですが、政吉が見つかりました」

「なんですって、政吉が？」

「はい。五年前まで、深川に住み小間物の行商をしていた男です」

栄次郎は政吉との出会いから書置きの人物だとわかり、重助事件との絡みの詳細について話した。

磯平は昂《たかぶ》りを隠せずに聞いていた。

「政吉の話が正しければ、『河内屋』に押し入ったのは又五郎の可能性が高いことになります。大工の信三の話では、『河内屋』に荷の積み下ろしをしていた田之助という男がいたそうです」

「では、書置きの五人がすべて出揃ったことになりますね。田之助が手引きをして又五郎を『河内屋』に引き入れた。ところが奉公人の善吉に見つかったため、又五郎は善吉を殺してしまった。しかし、甑右衛門は重助を疑い、その訴えを聞き入れ、公太親分は重助をお縄にした。政吉は真犯人を知りながら何もせず、重助を見殺しにしてしまった。すべて、説明がつきます」

磯平は色めき立ち、

「今後、公太と政吉のふたりが狙われますね」

「ええ、どうか奉行所の力で護衛をつけてやっていただけますか」

「もちろん。それに、護衛だけでなく、犯人を捕まえるいい機会になります。さっそく旦那に話しておきます」

「ただ、わからないことが幾つかあります」

栄次郎は慎重になった。

「まず、なぜ、書置きは瓺右衛門の名前を書かず、旧名の信三だったのか」

「瓺右衛門と書くと、警戒されると思ったのではないですか」

「だったら、なぜ、わざわざ書置きを残したのでしょうか。それさえなければ、まったく警戒されないではありませんか。現に、公太と政吉のふたりに関しては犯人からすれば、非常にやりづらくなったはずです。こういうことは、最初から予想がついたはずです。それなのに、なぜ書置きなど残したのか」

「そうですね」

「それから、犯人です。十年も経って、なぜ今になって復讐をはじめたのか。第一、重助には身内がいないのです。親しい人間は長屋の住人だけ」

「ひょっとしたら、重助には他人には隠していた身内がいたのではないでしょうか」

「なるほど。考えられますね」

栄次郎は一応は頷いたものの、

「でも、どうしてその人物は長屋の住人の前に現れないのでしょうか。事情があったとすればどんな事情が考えられましょうか」

「………」

磯平は考え込んだ。

「親分。それから、公太さんは重助に関してどう思っているのか気になります。今でもほんとうに犯人だと思っているのか、それとも後悔しているのか」

「さあ、どうでしょうか。ほんとうの気持ちを話してくれるかどうか」

磯平は小首を傾げた。

「一度、公太さんから話を聞いてみたいのです。私が訪ねて行くことを話しておいていただけますか」

「なんならいっしょに行きましょうか」

「いいんですか」

「ええ。私だけで行くつもりでしたから。それに、矢内さまが気になっていることを公太親分がなんと答えるか気になりますので」

「では、お願いいたします」

これから行くというので、栄次郎はいったんお秋の家に戻った。刀を持って引き返し、磯平とともに深川に向かった。


深川亀久町までやって来たとき、すっかり暗くなっていた。公太のかみさんがやっている一膳飯屋の提灯に灯が輝いていた。

小上がりの座敷や卓のほうも客がいっぱいで、相当繁昌していた。

磯平は裏口にまわり、家の中に呼びかけると、五十年配の男が出て来た。公太らしい。若い頃は腕っこきの岡っ引きだったらしい面影は鋭い目許に微かに残っているだけだった。

「磯平か。まあ、上がれ」

公太は穏やかな口調で言う。

「へい。親分、こちらはあっしの探索を手伝ってもらっている矢内栄次郎さまでして」

磯平は栄次郎を引き合わせた。

「矢内栄次郎です。お邪魔してもうしわけありません」

「いや。まあ、上がってください」

公太はふたりを坪庭に面した部屋に案内した。

「今、店のほうが忙しくてなんの構いもできねえ。勘弁してくれ」

「とんでもない。それより、公太親分は手伝わなくていいのですか」

「俺が出て行ったって、邪魔になるだけだ。それより、親分はよしてくんねえ。もう、隠居して何年も経つんだ」

公太は笑って言う。

「へえ」

磯平は恐縮したように頭を下げた。

「河内屋はとんだことだったな」

公太が表情を引き締めて切り出した。

「次は俺の番なのか」

「奉行所で警護の人間をつけます」

「そうか。すまねえな」

「それより、公太親分、いや公太さん。誰の仕業か見当がつきませんか」

磯平がきいた。

「いや、皆目《かいもく》わからねえ。重助の件らしいが、そもそも重助には身内なんていなかったんだ」

「好きな女がいたってことは？」

「それもねえ。こういっちゃなんなんだが、女に好かれるような男ではなかった。好き合った女はいなかったはずだ。いれば、長屋の連中だって知っているだろうよ」

「へえ。長屋の人間からもそんな話は出ませんでした」

磯平が応じる。

「そのはずだ」

「公太さん。『河内屋』の事件について今はどう思っていらっしゃいますか。重助さんが犯人だったかどうか」

栄次郎が口をはさんだ。

「そのことなんだが……」

公太は苦渋に満ちた顔をした。

「正直、わからねえんだ」

「ということは、重助さんは無実だった可能性もあるということですね」

「うむ」

　公太は苦しそうに唸った。

「重助ではないかと最初に言い出したのは、『河内屋』の甑右衛門だ。留守中に甑右衛門の部屋の近くでうろついているのを何度か見たことがあったそうだ。重助は博打《ばくち》好きなので、借金があったようだという。犯行時刻に、重助は『河内屋』に行っている。それで、重助の長屋に行った。家捜しをしたら、竃の下から十両が出て来た。重助はしどろもどろだった。だから、しょっぴいたんだ」

「何者かが重助に罪をなすりつけたとは考えられませんでしたか」

「重助を恨んでいる人間はいなかった。それから、犯人が盗んだ金は十両だ。それを手つかずに重助の住まいに隠したとなれば、犯人は殺しをしただけで一銭にもならなかったことになる。犯人にとって重助に罪をなすりつける意味はない」

　公太は自己弁護をしてから、

「ただ、重助は博打での借金はなかった。偏屈な男だが、人柄を知る長屋の人間は重助のことを悪く言わない。犯行後の態度などがふだんと変わらず、重助が犯人だとするにはおかしな点は確かにあった。しかし、重助以外に犯人はいなかったのだ」

「『河内屋』で荷物の積み下ろしなどをしていた田之助という男をご存じでしたか」

「田之助？」

「さあ、どうだったかな。確かに、荷物の積み下ろしなどをしていた男はいたが……。それがどうか？」

「書置きに名前を記された政吉というひとが、事件の直後、『河内屋』の近くで細身の遊び人ふうの男とすれ違ったそうです。重助さんが捕まったあと、その男が政吉さんに匕首をつきつけ、俺のことを黙っていろと威《おど》したそうです」

「それはほんとうですかえ」

公太は顔色を変えた。

「後日、その男が田之助といっしょに歩いているのを見た。そのとき、田之助が男のことを又五郎と呼んでいたそうです。この又五郎と田之助はすでに殺されました」

「信じられねえ」

「信じられないとは？」

「今の話がほんとうだとすると、田之助が又五郎を引き入れて押込みをさせたってことになりますね。ですが、あのとき、田之助のことはまったく問題にもならなかった。細かいことは忘れてしまっていますが、そういう人間がいたら、あっしの耳にも何かしらのことが入ってくるはずですが」

「確かに、その点は妙だと思います」

栄次郎は素直に同意した。

「公太親分、いや公太さん。今回の一連の殺しは、どうみても重助の復讐としか思えないんです」

磯平が口を入れた。

「書置きにあった名前の残りは公太さんと政吉です。ふたりを守り、さらには復讐犯を捕まえるために警護をつけさせたいのですが、よろしいでしょうか」

「奉行所の人間に身辺をうろつかれるのは気持ちのいいもんじゃねえが、止むを得んだろう。若ければ、敵を迎え撃つところだが……」

「殺された三人は、何者かに誘《おび》き出されて殺されています。見知らぬ人間の誘いには気をつけてくだせえ」

磯平は注意を与えた。

「わかった。ありがとうよ」

公太は素直に頭を下げた。

無実の罪でお縄にした重助に対して償《つぐな》いの気持ちが芽生えたせいか、それとも自分が狙われているという恐れからか、公太の表情は屈託を抱えたように暗くなっていた。

公太の家を辞去してから、

「では、磯平親分。公太さんと政吉さんのことをよろしくお願いいたします」

「わかりやした。これ以上、犠牲者を出しません」

磯平は意気込んで答えた。

三

翌十三日の夕暮れ、栄次郎は母と兄とともに玄関の外に出て、迎え火を焚いた。父と兄嫁の霊魂を迎え入れるのだ。

通りから布施僧《ふせそう》の念仏が聞こえてくる。

十五日になって盂蘭盆会《うらぼんえ》が終り、翌日、栄次郎は久し振りに浅草黒船町のお秋の家に行った。

その夜。崎田孫兵衛がやって来て、栄次郎もいっしょに夕餉の席についた。そして、話題は事件に移った。

「栄次郎どののおかげで事件の様相は摑めた。いまだに犯人の目星がつかないが、公太と政吉の周辺に町方を待機させ、万全の体勢をとっている。犯人が現れたら、こっちのものだ」

孫兵衛は盃を持ったまま北叟笑《ほくそえ》んだ。先日の暗い顔つきから一変してうれしそうだった。お奉行からお誉めの言葉でもいただいたのかもしれない。

「犯人が現れましょうか」

栄次郎は孫兵衛のはしゃぎぶりに水を差すように言った。

「なに？」

孫兵衛は不快そうな顔をする。

「どうも私には犯人の心が読めませぬ。公太と政吉をほんきで殺すつもりなら、あのような書置きは余計だったはずです。町方が警戒することは当然、予期していたはずです。このような状況ではふたりを殺すことはきわめて困難です」

「矢内どのは、この手の犯人の心がおわかりにならぬようだな」

孫兵衛は口許に冷笑を浮かべた。

「犯人には自信があったのだ。それに、自分の犯行を誇示したいという気持ちがあったのだろう。書置きに殺害予定の五人の名前を列記したのは明らかに奉行所に対する挑戦であり、世間受けを狙った犯行だ。犯人の自信の現れだ。逆に、そこに我らがつけ入る余地があるということだ」

「私にはまだ腑に落ちないことが幾つかあるのですが」

栄次郎はなおも反論する。

「なぜ、書置きには重助の復讐だと書かなかったのでしょうか。仮に、書置きの五人が全員殺されたとしても、我々が重助の事件と結びつけなければ、復讐の意味をなさなかったのではありませぬか」

「しかし、気づいたのではないか」

「はあ、それは確かに……」

そうだ。孫兵衛の言うとおりだ。我々は結果的に気づいたと思っていたが、我々が気づくことは織り込み済みだったのだろうか。

「なあに、それも犯人を捕まえればすべて明らかになること」

孫兵衛は満足そうに酒を呑み干した。

「重助の件はどうなるのでしょうか」

栄次郎は話題を移した。

「重助の件とは？」

「重助に無実だった可能性が出てきたように思えるのですが」

「重助が無実だという証拠はない限り、いかんともしがたい。真犯人かもしれぬ又五郎と田之助はすでに殺されているのだ。もはや、十年前の真相が明らかになるとは考えられぬ。重助のことはどうしようもない」

孫兵衛は突き放すように言った。

今さら、真実が明らかになったとしても重助が生き返るわけではない。ふと、一連の殺しの犯人の意図を改めて考えた。

犯人は重助を罪に陥れた人間に復讐をしようとした。だが、なぜ、重助の名誉を挽回しようとはしなかったのか。

又五郎と田之助を生かしておけば、重助の無実を晴らすことが出来たかもしれない。なのに、なぜ、最初に二人を殺したのか。

最初から、重助の名誉を回復しようという意図はなかったのだ。いったい、犯人の目的は……。

「お秋、そろそろ向こうへ行こう」

孫兵衛がお秋の耳許で囁いている。

「えっ、もうですか」

お秋が顔をしかめた。

「なんだ、その顔は？」

孫兵衛が眦《まなじり》をつり上げた。

「だって、栄次郎さんもまだいらっしゃるじゃないですか」

「栄次郎どの。あとはひとりでやってくれ。わしはお秋とちょっと話があるのでな」

孫兵衛は鼻の下を伸ばして言う。

「私はそろそろお暇《いとま》をいたします」

栄次郎は苦笑しながら言う。

「まあ、栄次郎さん」

お秋はうらめしそうな顔をした。

「また、明日、参ります」

栄次郎は立ち上がった。


翌日。阿部川町の政吉の家に行った。

『悠木屋』の脇に奉行所の小者がいた。政吉の警護のためであろう。

栄次郎が店に入って行くと、店番をしていた妻女のおもんが笑顔で迎えた。元気そうで安心した。

「まあ、矢内さま」

「変わりないですか」

栄次郎は声をかけた。

「はい」

おもんはすぐに奥に向かって声をかけた。

「おまえさん。矢内さまですよ」

どたばたと足音がして、政吉が飛び出して来た。

「矢内さま。いらっしゃいまし」

政吉も相好《そうごう》を崩して言う。

「お元気そうですね」

以前と比べて、表情が明るい。

「へえ。おかげさまで。毎日、怯えていたんですが、奉行所のお方に守っていただいているので安心です。それに、お盆が過ぎたので、もう相手は殺生しないのではないかと淡い期待を持ちはじめました」

「なるほど。そうだといいんですが、まだ気を緩めないようにしてください」

「はい」

「政吉さん、ちょっとお訊ねしたいのですが」

「はい。なんでしょう」

「『河内屋』の近くで又五郎という男とすれ違ったときのことですが、何か印象に残ったことはありませんでしたか」

「印象ですか」

政吉は困惑したように小首を傾げた。

「十年前のことですので、よく覚えていないのですが……」

「そうですよね。で、又五郎と会ったのはそのときがはじめてだったのですね」

「そうです」

「又五郎はどうしてあなたのことがわかったのでしょうか」

後日、政吉に匕首を突き付け、黙っているように威《おど》しているのだ。

「私は小間物の荷を背負っていましたから小間物屋だとわかり、あとで田之助から私のことを聞いたのではないでしょうか」

「なるほど。そういうわけでしたか」

「矢内さま、そのことが何か」

「ええ。ちょっと気になったことがありまして」

「気になったこと？」

「今回の犯人は重助の復讐を果たそうとしました。それより、なぜ重助の名誉を回復してやろうとは思わなかったのか。そのことに引っかかったんです」

「…………」

「又五郎と田之助を生かしておけば、それが可能だったのに、それをしようとしなかった。なぜなんだろうと不思議に思ったものですから」

「ひょっとして、そのつもりで又五郎と田之助を問いつめたが、ふたりとも素直に白状するような人間ではなかった。それで、しかたなく重助さんの名誉を回復することを諦めて、復讐だけにした。そういうことだったんでしょうか」

「なるほど。そういうことだったかもしれませんね」

栄次郎はあえて逆らわなかったのは、犯人の真意に思い至ることは無理だからだ。

「それより、矢内さまにお願いがあるのですが」

政吉が改まって言った。

「なんでしょうか」

「じつは、一度、重助さんのお墓参りに行きたいと思っているんです。重助さんの墓前で謝りたいと思いまして」

「それはいいことかもしれません」

重助のためというより、政吉の心の負い目を少なくするためにも墓参りはいいことだと思った。

「それで、重助さんのお墓の場所を……」

「わかりました。聞いておきましょう」

「はい。ありがとうございます」

「では、また」

「えっ、もうお帰りですか」

おもんが驚いたように言う。

「ええ、きょうはちょっとお顔を見に来ただけですから」

「そうですか」

政吉もおもんも残念そうな顔をした。

「重助さんのお墓を聞いておきます」

そう言い、栄次郎は政吉の家を辞去した。

政吉から頼まれた件もあり、栄次郎は両国橋を渡って、深川の亀久町に向かった。

来月十五日は富岡八幡宮の祭礼である。あとひと月もあるが、町の各所に鳶《とび》の者たちも出張《でば》って神酒所《みきしょ》の支度が進められていて、祭気分が漂っている。

そのことで、祭を題材にした長唄の新曲作りのことを思い出した。来年のことで、まだ一年も先の話だが、一年ぐらいあっと言う間に経ってしまう。

曲作りはなんとかなるが、問題は詞だ。新八にきいたが、尻込みをした。じつは、もうひとり頭に描いている人物があった。

岩井文兵衛だ。文兵衛は浄瑠璃、長唄、それに俗曲などの素養があり、洒脱《しゃだつ》な雰囲気はまさに長唄の作詞を手がけるには格好の人物のような気がする。

そう思うそばから、兄の言葉を思い出した。最近、文兵衛は屈託を抱えているようだと言う。

栄次郎のことではないかと兄は心配したが、そうであれば、文兵衛はすぐに栄次郎に打ち明けるはずだ。

大御所から栄次郎のことについて難題を持ち出されたわけではないようだ。いったい、文兵衛を悩ませていることとはなんだろうか。

栄次郎は亀久町にやって来た。

公太の妻女がやっている一膳飯屋にのれんが出ていた。そろそろ昼になる。忙しくなる頃だ。

少し離れたところで、奉行所の小者が見張っていた。

栄次郎は裏口にまわり、中に呼びかけると、すぐに公太が出て来た。

「矢内さん。さあ、どうぞ」

「すみません。すぐお暇します」

「ゆっくりしていってください」

「お邪魔します」

栄次郎は部屋に上がった。

坪庭に面した部屋で差し向かいになる。話し相手が出来て喜んでいるようで、公太は自ら茶をいれてくれた。

「すみません。いただきます」

栄次郎は湯呑みに手を伸ばした。

ふと風に乗って囃子《はやし》の音が聞こえてきた。栄次郎は耳をそばだてた。

「祭囃子の稽古ですよ」

公太が外に目をやって言う。

「来月は八幡さまのお祭です。囃子を聞くと、なんだか昂ってきます」

そう言ったあとで、公太は真顔になり、

「ここ数日、怪しい人影も現れません。もう諦めたんじゃないかと思うのですが、甘いでしょうかねえ」

「政吉さんもお盆が過ぎたのでもう殺生はしないのではないかと言ってましたが、まだ何とも言えません。念のために、もう少し用心したほうがいいかもしれません。なにしろ、犯人のことはまったくわかっていないのですから」

「そうですね」

「公太さん。重助さんのお墓がどこにあるか知りたいのですが、わかりませんか」

「墓ですか。亡骸は長屋の連中に引き取られ、猿江町《さるえちょう》にある広斎寺《こうさいじ》に葬られたはずです。大家がその寺の住職と親しいからと聞きました」

「猿江町の広斎寺ですね」

栄次郎は寺の名前を頭に叩き込んだ。

「矢内さん」

公太が口調を改めた。

「今でも不思議なんですよ」

「何がですか」

「重助の復讐をする人間がいるということがです」

「ええ。私も、そのことは不思議に思っています」

「そうでしょう。重助の亡骸を引き取ったのは長屋の連中です。もし、近しい間柄の人間がいたのなら、そいつが引き取っていたはずです」

どうやら、公太はこのことを栄次郎と話し合いたかったようだ。

「考えられることは、その当時は、その人物は江戸にいなかったってことです」

「ええ」

「何年ぶりかで江戸に帰ってきてから、重助の不幸を知った。そういうことも考えられますが、じゃあ、その詳細を誰から聞いたって言うんでしょう」

「長屋の住人からでしょうね。その人物が江戸にやって来て重助を訪ねるとしたらまずあの長屋に行くはずです」

「ええ、ところが長屋の連中からそういう人物がやって来たとは聞いたことはありません。矢内さまはいかがですか。長屋の連中から聞いたことがありますかえ」

「いえ。聞いていません」

「不思議じゃありませんか。重助のために復讐をしようという人間が見つからないんですぜ」

「ええ、仰るとおりです。それ以外にも、不審な点はいくつかあります。書置きの名前です。なぜ、あのような書置きを残したのか。そして、なぜ、甋右衛門でなく旧名の信三を使ったのか。つまり、犯人は旧名を知っていたのですから、瓹右衛門の古い知り合いだということです」

「そうですな。瓹右衛門が信三という名だということを知っていた人間ですね」

公太は厳しい顔をした。

瓹右衛門はもともとは『河内屋』の手代だったそうですね」

「そうです。先代の瓹右衛門が死んだ三年後に、瓹右衛門の娘の婿になって『河内屋』を継いだ。そのとき、名を瓹右衛門と改めたのです」

そう言ったあとで、公太はあっと声を上げた。

「番頭だ」

「番頭？」

「ええ、番頭の正五郎《まさごろう》です」

公太が少し昂奮していた。

「じつは、信三が婿に入り、『河内屋』の主人になったあと、番頭がやめて行きました。信三がやめさせたという噂があったそうです。先代の信任が厚かった番頭が煙たかったのではないかと周囲は思っていたそうです」

「なるほど」

「その番頭は信三にはかなり恨みを持っていたんじゃないでしょうか」

「甂右衛門に対する恨みですか」

「そうです。『河内屋』を追い出された恨みです。その後、正五郎は苦しい暮らしを強いられた。その恨みが燃え上がって、てことは考えられませんか。そういえば、正五郎は重助とも親しかったはずです」

公太は自分の発見に昂奮していた。

「さっそく、磯平に言って正五郎のことを調べてもらいます」

公太は立ち上がった。

警戒に当たっている奉行所の小者に、磯平を呼んでもらうように頼みに行った。栄次郎はひとりで待った。

確かに、犯人の狙いは甂右衛門だったというのは当たっているかもしれない。だが、十年以上も前に『河内屋』を追い出された恨みを今になって晴らすというのはいまひとつ説得力に欠けると思うのだ。

公太が戻って来た。

「矢内さんと話してよござんした。これで進展があると思います」

公太は自信に満ちた顔で言った。

「『河内屋』の先代はどうして亡くなったのですか」

栄次郎は先代が亡くなった理由が気になった。先代が亡くなったから、手代の信三が娘の婿に入ることが出来た。そんな気がしたからだ。

「永代橋の崩落《ほうらく》事故ですよ」

「永代橋の崩落事故ですって？」

文化《ぶんか》四年（一八〇七）八月十九日の朝、富岡八幡宮の祭礼の人出で永代橋が崩れ落ち、七百人以上が死ぬという大惨事が起こった。

「その事故に、先代は巻き込まれて亡くなったのです」

「そうでしたか」

「矢内さまは覚えていらっしゃいますか」

「まだ元服前のことでしたが、事故のことはよく覚えています。江戸の町中が驚きと深い悲しみに包まれたことが今でも蘇ってきます」

「ええ、あんな悲惨な光景はありませんでした。まさに、地獄絵でした。あっしもあのときは警護のために永代橋に出ていました。目の前で、橋が崩れ、大勢の人間が川に落ちて行くのをなすすべもなく見ていたんですよ」

公太は痛ましげに首を横に振った。

「佃島《つくだじま》の漁師が船を出し、救助に駆けつけたが、死者の数がどんどん増えていった。川から引き揚げられた死体置場には老いも若きも、男も女もいたいけないこどもの亡骸まで並んだ。その亡骸の中に、甃右衛門さんがいたんです。あの事故を境に、人生が一変してしまったひとがたくさんいました」

「あの事故から十七年ですか」

栄次郎は胸が切なくなった。

再び、祭囃子が聞こえて来た。さらに、木遣《きや》りの稽古の唄声が風に乗って伝わってきた。

八幡祭まであとひと月だった。

四

公太の家を辞去し、栄次郎は北森下町にまでやって来た。

『河内屋』は土蔵造りの間口の広い店だった。主人の甃右衛門が亡くなったが、番頭がしっかりしているのか店は商売を続けていた。

栄次郎は番頭に声をかけた。

「矢内栄次郎と申します。女将さんにお会いしたいのですが」

「どのようなことでございましょうか」

「甑右衛門さんのことでお訊ねしたいことがありまして」

「旦那さまのことですか」

番頭は躊躇していたが、奥から四十前後とおぼしき婦人が出て来た。細面《ほそおもて》の凛《りん》とした感じだ。

「どうしましたか」

番頭に声をかけた。

「あっ、内儀さん」

番頭は振り向いて、

「こちらのお侍さまが内儀さんにお目にかかりたいと仰っておいでですして」

「矢内栄次郎と申します」

栄次郎は一歩前に出て、

「甑右衛門どのの事件のことで少しお話をお伺いしたいのです」

と、訴えた。

「主人のことで？　わかりました。どうぞ、こちらへ」

栄次郎は涼しげな目許をして、気品もあり、他人に警戒心を与えない雰囲気がある。

特に女子には好意を持たれる。

「ありがとうございます」

店の横から奥に入り、そこから部屋に上がった。

庭に面した部屋に通された。

「内儀のおまきと申します」

内儀は名乗った。

「このたびはまことにご愁傷さまでございます」

栄次郎は悔やみの言葉を言う。

「突然のことで驚きましたが……」

内儀は落ち着いて答えた。だが、気丈に振る舞っているが、悲しみに打ち沈んでいることはふとした表情で窺えた。

「犯人に心当たりはありますか」

「いえ、ありません。お役人さまは、十年前の押込みに絡んだ復讐だと仰っていましたが、なんで十年前のことが今になって……」

内儀は首を横に振った。

「そのことですが、当時、こちらに田之助という奉公人がおりましたか」

「はい。荷の積み下ろしやその他の雑役をしていました」

「田之助は今は夜泣きそば屋をしていました。こちらをやめたのはどうしてですか」

「店の金を盗んだのです。奉行所には届けませんでしたが、お店はやめてもらいました。前々から手癖が悪かったのです」

「どういう理由でお雇いに？」

「主人が正直そうだからと言って……」

「そうですか。では又五郎という男についてはご存じですか」

「いえ、知りません」

「そうですか。では、政吉という小間物屋が出入りをしていたことを覚えていらっしゃいますか」

「名前はわかりませんが、いろいろな商人は出入りしていました」

政吉の話をだいたいにおいて裏付けているようだ。

「押込みに殺された善吉という手代はどのようなひとだったのですか」

「十三、四歳で丁稚《でっち》として奉公に上がりました。私の父、先代の甑右衛門がとても可愛がっていました」

そこまで答えてから、内儀は不思議そうな顔をした。

「奉行所のほうからお聞き及びかと思いますが、今回の一連の事件は十年前の押込みに絡んでの復讐ということになっています」

「はい」

「ですが、私にはちょっと腑《ふ》に落ちないことがありまして、ちょっと調べているのです」

「あの、失礼ですが、矢内さまはどうして？」

奉行所の人間ではないのに調べているのかときいているのだ。

「じつは、犯人が残した書置きで復讐を告げられた政吉さんの知り合いなのです。これ以上の犠牲者を出さないために勝手に調べているのです」

「そうですか。で、腑に落ちないことと仰いますと？」

「もっとも大きな疑問は、なぜ、復讐が今なのかということです」

栄次郎は重助に身内がいないことや、書置きに犯人が記した名前が、甕右衛門ではなく旧名の信三になっていたことなどを話した。

「ご主人は、奉公人時代は信三という名だったのですね」

「そうです。私と所帯を持ってから甕右衛門の名を継ぎました」

「先代の甑右衛門さんがお亡くなりになったあと、婿入りをしたのですね」

「そうです」

「今回の犯人はその頃のご主人を知っている人間です」

「………」

「当時、『河内屋』で、特に信三さんに関わることで何かありませんでしたか」

「いえ、特には……」

「信三さんが婿入りをして甑右衛門を継いだあと、番頭の正五郎さんがお店をやめて行ったそうですね」

「ええ……」

「どうしてやめたのですか」

「それは……」

内儀は言葉に詰まった。

「ひょっとして、信三さんと確執があったのでしょうか」

「確執ということではありませんが、番頭さんがいると、主人はやりづらかったようです。それは番頭さんも同じでした。ですから、お互いに話し合って、やめていったんです。それなりの支度金を出しました」

ほんとうに話し合いの末にやめたのかどうかはわからない。

「その後、正五郎さんはどこで何を？」

「駒込《こまごめ》のほうで商売をはじめたと聞きましたが、その後のことはわかりません」

「正五郎さんは先代の信任が厚かったと聞きましたが？」

「はい。父は正五郎さんを信頼していました。とても実直なひとでした。父が亡くなったあと、正五郎さんがお店を支えてくれたのです」

『河内屋』のために尽くしたのに冷たく放り出されたとしたら、正五郎は信三を恨んでいたかもしれない。

公太が言うように、今回の事件に正五郎が絡んでいる可能性は否定出来ない。

「先代は、永代橋の崩落事故でお亡くなりになったとお聞きしましたが？」

栄次郎はきいた。

「はい。まさか、父が永代橋に行っていたなんて思いませんでした」

「どなたとお出かけに？」

「信三と丁稚の善吉を連れて、朝早く、大伝馬町のお得意先に出かけたのです。納めた品物に欠陥が見つかり、急いで謝りに行ったのです。その帰りでした」

永代橋は元禄《げんろく》十一年（一六九八）年に箱崎《はこざき》と佐賀町《さがちょう》の間にかけられた橋で、長さ一一〇間、幅三間一尺五寸。

橋の用材は、上野の根本中堂《こんぽんちゅうどう》再建の残った木材を一部使用したらしい。廻船《かいせん》が通るため、橋の高さは一丈余あり、弧を描いて、その美しさから錦絵によく描かれた。

ところが事故の起きた文化四年当時からして、出来てから百年以上も経ち、老朽化していた。

享保《きょうほう》年間には幕府は財政緊縮政策のため取り壊そうとした。だが、付近の住民たちは存続を願い出た。

その結果、橋の維持費などの諸経費は住民が負担する、ただし橋の通行料を徴収してよいという条件で、橋の存続が許された。

しかし、いかんせん老朽化した橋である。たびたび、修繕しなければならなかった。それでも、金のかかる大きな修繕は出来ず、小手先の措置でやり過ごしてきた。

そういう中で、その年に八幡祭が再開されることになったのだ。というのも十年以上前に、祭礼で町同士の対抗から喧嘩となり、死傷者が出るという不祥事を起こし、祭礼は行なわれなくなっていた。

それが十余年ぶりに催されるということで、江戸の人びとは大いに盛り上がった。

ところが、祭礼の行なわれる八月十五日はあいにくの雨で祭は順延。雨は翌日もやまず、やっと雨が上がったのが八月十九日だった。

四日も順延され、人びとは待ちくたびれていた。

当日は朝早くからたくさんの人間が橋を渡った。富岡八幡宮の氏子《うじこ》は深川の地だけでなく、永代橋の西詰めの町内もそうだった。

「父は祭で混むだろうからと朝早く出かけたのですが、帰り、永代橋までやって来て、足止めを食ってしまったのです」

内儀は溜め息をついて続けた。

「なんでも高貴な方の船が橋の下を通るので、その間、橋の往来を止めるということでした。橋の両脇に縄を張り、奉行所の与力・同心の指図で通行が止められました。その間に、どんどんひとが集まってきて、橋の両側はひとであふれていたそうです。そして、やっと高貴な方の船が行きすぎ、通行止めが解除されました」

栄次郎は目を閉じた。胸が締めつけられるようだ。

「縄が外されると、どっと群衆が橋を渡りはじめたのです。父と信三も後ろから押されながら橋を渡り、真ん中を過ぎた辺りで、凄まじい音がし、夥《おびただ》しい悲鳴が上がったそうです。やがて、目の前からひとが消えた。橋が壊れたとわかったが、後ろから押され、父も信三も川に落ちたのです」

栄次郎は子どもの頃に目撃した悪夢が蘇り、絶叫を上げそうになった。

「佃島の漁師たちが船を出し、救助がはじまりました。若い信三は助かりましたが、父は助かりませんでした」

「たくさんの方が命を落とされたのでしたね」

「はい。死者、行方不明者で四百名以上はいたということです。身元確認のために、亡骸の引き取り場所に行きましたが、いたいけな子どもから年寄りまでたくさんの亡骸が並べてありました」

「…………」

「助かった信三は、どうして新大橋にまわらなかったのかと、ずっと悔やんでいました。なぜ、あのとき、高貴な方の船が通ったのか、どうして橋の修繕をしておかなかったのだと、信三は喚いていました」

その大惨事から三年後に、信三は内儀のおまきの婿になって『河内屋』を継いだ。押込み事件があり、重助が捕らわれた末に亡くなったのはそれから四年後。そして、それから十年後に、信三こと甑右衛門に不幸が襲いかかった。

「幸い、息子がおりますので、『河内屋』の跡を継がせます。どうか、一刻も早く犯人を捕まえ、我が家に打ち続く不運をなんとかこれで打ち止めにしたいと願っています」

「私も犯人が早く捕まるように手を貸していきたいと思っています」

「よろしくお願いいたします」

「辛いことを思い出させてしまい、申し訳ありませんでした」

栄次郎は詫びた。

「いえ」

最後に栄次郎は仏壇の前に赴き、甃右衛門の位牌に手を合わせた。

その夜、栄次郎は屋敷に帰り、兄の部屋に行った。

「兄上。ちょっとよろしいですか」

「うむ。入れ」

中から兄の声がし、栄次郎は襖を開けて部屋に入った。

兄は小机に向かっていたが、書類を閉じて、栄次郎と差し向かいになった。

「どうした、栄次郎。顔色が優れぬようだが？」

「ある事件の関係者にきいてまわっているうちに、永代橋の崩落事故の話題になりました。悲惨な事故が蘇って、脳裏から離れないのです」

「うむ。永代橋の事故か」

兄も遠くを見る目付きをした。

「兄上といっしょに行きましたね」

「そう。源爺《げんじい》が富岡八幡宮には永代橋を渡るのが近いが、混雑は激しいだろうからと新大橋を渡ったのだ。もし、永代橋に向かっていたら、我らも巻き込まれたかもしれぬな」

源爺とはお屋敷出入りの職人だった。その男に連れられ、兄といっしょに祭に向かったのだ。

新大橋を渡った。途中で、永代橋を見ると、橋の上に人影はなく、かなたに船が去って行く。と、同時に一斉にひとが繰り出した。

新大橋から小名木川にかかる万年橋を渡り、大川べりを仙台堀に差しかかったとき、大川のほうから大きくて無気味な音とともに夥《おびただ》しい悲鳴が聞こえた。

「あっ、橋が」

兄が騒いだ。

栄次郎も目を疑った。橋が崩れ、ひとが川に落下をしていっているのだ。まさに地獄絵だった。

栄次郎は足がすくんだ。なすすべもなく見ているしかない自分の無力さに忸怩《じくじ》たる思いがした。

「だが、俺が感心したことがある。漁師たちが救助の船を出したことだ。確かに奉行所から佃島などの漁師に船を出すように命じたらしいが、その前に自主的に救助に向かっていたのだ。警護のために御用船も含め、人命救助には迅速だった。それに、泳ぎの達者な者たちは陸から川に飛び込み、溺れている人間を助けた。そういう活躍がなければ、さらに犠牲者は甚大なものになっていただろう」

「ええ」

「ただ、俺は何も出来なかったことが悔しかった。救助に向かいたかったが、源爺にとめられた。元服前の男に、あの場で出来ることは何もなかった」

「私もそうでした」

困っているひとを助けたい。ひとの役に立ちたい。そう思うようになったのも父のお節介病が移ったせいもあるが、そのときの体験が大きかったかもしれないと、栄次郎は思った。

「あの事故で一家が全滅したり、子を亡くした親や、逆に親を亡くして孤児になった者もいただろう。事故のあとのことを考えると、胸が痛む」

「それにしても、防ごうと思えば防げた事故ですね」

「そうだ。老朽化していた橋をそのままにしていた幕府、それから町の有力者たちだ。何人かの名主は入牢を仰せつかったが、そんなものではない。それに……」

兄は言いよどんだ。

「一橋家ですね」

「うむ」

事故当日の朝、一橋家の船が永代橋を通過するというので、その間、橋は通行止めになった。橋の両端で待たされた人びとは船が行きすぎ、橋の通行が許されると、いっきに橋を渡りはじめた。

このことも群衆が橋に詰めかけた原因でもあった。

船に乗っていたのは一橋家の若君や姫、腰元などで、祭見物のために深川十万坪の下屋敷に向かうのだった。

奉行所の橋掛かりの同心は気を使って一橋家の船が通過するまでの間、橋を通行止めにした。待たされた群衆は通行止めが解除されるや、我先にといっきに橋を渡りはじめたのだ。大群衆が一時に老朽化した橋を渡りはじめたのだ。

「なぜ……」

兄が言いさした。

「いや、言うまい」

兄の言いたいことはわかっている。なぜ、一橋家にお咎めがなかったのか。一橋家の船が通過するというので気をきかして橋を通行止めにした橋役人や橋番人たちは罪を問われ、肝心の一橋家には何の咎めもない。

何か吹っ切れないものがあった。だが、兄がそのことを口にしようとしなかったのは、父が一橋家の近習番を勤めていたからだ。

表立って、一橋家を非難することが憚《はばか》られた。

さらに、言えば、一橋家のほうから橋止めにしろと強要したわけではなく、奉行所のほうが気をまわしたのだ。

そういう弁明が聞こえてきそうだ。

だが、栄次郎はあえて言う。船で通れば、奉行所のほうがそのような気配りをするであろうことは予想がついたはずだ。祭の当日に下屋敷に向かったこと自体が間違いだ。祭見物なら前日に下屋敷に入っているべきだったのだ。

栄次郎はそう思った。確か、あとで父にもそのようなことを言った記憶がある。父は黙って聞いていた。

いや、父は口にこそ出さなかったが、かなり憂慮していたのではないか。事故のあと、いつも父の表情が厳しかったことを覚えている。

「やはり、幕府だ」

いきなり、兄が言った。

「橋は崩落事故の次の年には公費によって再建された。最初から幕府は金を出すべきだったのだ」

公費といっても、廻船問屋からの冥加金《みょうがきん》によって賄《まかな》われたのだ。

「なんだか、湿っぽくなってきた」

兄がいきなり吹っ切るように言う。

「すみません。いやなことを思い出させて」

「いや」

兄はふと思い出したように、

「それより、岩井さまのほうからは何も言って来ないのか」

と、きいた。

一橋家の話題から、岩井文兵衛のことを思い出したようだ。

「ええ、ありませぬ」

文兵衛はなんらかの屈託を抱えているらしい。兄はそれを栄次郎のことではないかと気にしているようだ。だが、栄次郎はそうではないと思っている。

「そのほうから岩井さまにお会いしに行ったらどうだ？」

兄は気になるらしい。

「わかりました。岩井さまに使いを出してみます」

「うむ」

兄は吐息を漏らしてから、

「もう少し、栄次郎といっしょに暮らしたいのでな」

と、呟いた。

そのとき、あることに気づいた。

兄が後添いを貰わないのは、亡くなった兄嫁が忘れられないことや、勝手気ままに深川まで遊びに行く今の暮らしを楽しんでいることが理由だと思っていた。だが、妻帯したら栄次郎が屋敷を出て行ってしまう。そのことが兄に妻帯をためらわせているのではないか。そんな気がしたが、兄に訊ねても、正直に答えてくれまいと思った。

ふと虫の音《ね》が聞こえた。濡縁から聞こえる。朝晩はすっかり涼しくなり、もの悲しい気分に襲われていた。

五

翌日、栄次郎は岩井文兵衛宛に文《ふみ》を認《したた》め、下僕に文兵衛の屋敷に届けるように命じた。

母が何か言いたそうだったが、何も言わなかった。

それから、栄次郎は屋敷を出た。空は高く澄み、寛永寺《かんえいじ》の五重塔の上に鰯雲《いわしぐも》が浮かんでいた。栄次郎は湯島切通しから下谷広小路、仲御徒町《なかおかちまち》を抜けて、浅草阿部川町にやって来た。

『悠木屋』に顔を出すと、政吉が店先に出て来た。外出するところらしい。

「あっ、矢内さま」

政吉は笑みを浮かべた。政吉は元気そうで、表情にゆとりが出ていた。

「奉行所の警護は？」

栄次郎は小者の姿がないことを不思議に思った。

「夜だけにしてもらいました。昼間から襲ってくるとは思えませんし、警護の方もたいへんですから」

政吉は他人事《ひとごと》のように言う。

「でも、まだ油断は禁物です」

「はい」

政吉の表情のゆとりはもう襲って来ないという安心感からかもしれない。だが、敵が諦めたと考えるのは早計だ。

犯人はまだ霧の中なのだ。その霧の中からいきなり出てくるかもしれない。

「お出かけですか」

「はい。池之端仲町の得意先まで」

「警護がなくて、だいじょうぶでしょうか」

「はい。人通りの多い通りを行きますし、昼間からばかな真似はしないでしょうから」

政吉はやはり安心しきっているようだ。

「矢内さま、きょうは何か」

「重助の墓がわかりましたのでお伝えに」

「そうですか。ありがとうございます」

「猿江町の広斎寺だそうです」

「猿江町の広斎寺ですね」

政吉は復唱した。

「私もごいっしょします」

栄次郎はきっぱりと言った。

「でも、だいじょうぶですよ。行くのは昼間ですから」

「昼間とはいえ、人気《ひとけ》のない寂しい場所です。どこかから、狙う隙を窺っているかもしれません」

「矢内さまにそこまでしていただいたら」

政吉はあわてて手を横に振った。

「私のことなら心配いりません」

恐縮したように、頭を下げてから、

「お言葉に甘えてよろしいのでしょうか」

と、遠慮がちにきいた。

「もちろんですよ」

「すみません。赤の他人の私のためにそこまでしていただいて」

政吉は感動したように声を詰まらせた。

「いえ、いずれ兄弟弟子《でし》になるかもしれませんからね」

「恐れ入ります」

政吉は苦笑した。

「で、いつ行かれますか」

「早いほうがいいと思います。出来れば、明日にでも」

「わかりました」

「よろしいでしょうか。では、明日の午後に」

「わかりました。あすの昼過ぎにお迎えに上がります」

「すみません」

政吉は頭を下げた。

池之端仲町の得意先まで出かけるという政吉と別れ、栄次郎は浅草黒船町のお秋の家に向かった。

二階で三味線を弾いていると、いつの間にか部屋の中が暗くなっていた。

お秋が行灯に火を入れにきた。栄次郎は手を休めた。

「ごめんなさい。お稽古の邪魔をしてしまったかしら」

お秋が謝った。

「違いますよ。休まず弾いていたので手首が疲れました」

栄次郎は撥を置いて言う。

「そう。そう言えば、深川のほうはだいぶ盛り上がっているようですね」

「盛り上がる？」

「お祭ですよ」

「ああ。もうすぐですね」

「深川に住む知り合いが話してました」

栄次郎は思い出してきいた。

「お秋さんは永代橋が崩れ落ちたときのことを覚えていますか」

お秋が矢内家に奉公に上がる前のことだ。

「ええ、覚えているわ。私が十四か五だった頃ですからね。おとっつあんたちと家を朝早く出て永代橋に差しかかったらもうすごい人出だった。でも、橋に人影がなかったので変だと思ったわ」

「事故の直前だったのですね」

「ええ、一橋さまの船が通るので、通行止めになったそうですね。船が行きすぎたあとやっと群衆が動きだしたんです。それから、しばらくして凄まじい絶叫が起こりました」

「そうですか。お秋さんもその場にいたのですか」

「あら、栄次郎さんも？」

「ええ。新大橋を渡り、小名木川の辺りで橋が崩れるのを見ました」

「思い出してもぞっとしますわ」

「そうですね」

「一橋さまも配慮が足りませんよね。あんなお祭のはじまる頃に船でやって来るなんて。あの船に乗っていたお姫さまだか若君だか、橋が崩れたのを見ていたかしら。見ていたら、少しは良心の呵責《かしゃく》が疼《うず》いたと思いますけど」

「どうでしょうか」

おそらく、用人たちが悲惨な光景を見せないように手を打ったはずだから、船の人間は何も見ていないかもしれない。

「でも、あのあと、橋も架け替えられたから、今は心配ありませんものね。栄次郎さん。いっしょに行きましょうね、お祭に」

「わかりました」

栄次郎は応じたが、不安を覚えた。

栄次郎には長唄の曲を作るという目的がある。そういう目で八幡祭を見てみたいと思うのだが、永代橋の崩落事故が脳裏を掠め、祭を楽しめるだろうかという不安を微かに覚えた。

翌日の昼過ぎ、栄次郎は政吉の店に迎えに行った。

すでに政吉は支度をして待っていた。妻女のおもんに見送られて、ふたりで深川に向かった。

蔵前から浅草御門を抜けて、両国橋に向かった。

川風が気持ちよい。だが、栄次郎はたえず周囲に気を配った。橋を行き来する者は多い。まさかとは思うが、雑踏の中で襲撃してこないとも限らない。

両国橋を渡り、回向院《えこういん》前から竪川に出て、堀沿いを東に向かう。だんだん人通りが少なくなってきた。

二ノ橋、三ノ橋、新辻橋と過ぎ、四ノ橋の袂を右に折れ、田圃《たんぼ》の中の道を小名木川のほうに向かう。

広斎寺にやって来た。政吉は山門前の花屋で線香と花を買い求めた。

山門をくぐり、本堂の横手にある寺務所に行く。部屋に誰もいなかった。政吉が奥に向かって声をかけると、若い僧侶が出て来た。

「申し訳ありません。十年前に葬られた南六間堀町の弥太郎店の重助さんの墓の場所を教えていただきたいのですが」

「少々お待ちを」

過去帳を調べてから、若い僧侶が言った。

「墓地の北側、古井戸の近くです」

「ありがとうございました」

途中、栄次郎が桶を手にし、本堂の裏手にある墓地に入った。墓石の陰に人影が見え隠れする。栄次郎は警戒した。が、年配の男だった。

木々で鬱蒼《うっそう》とした辺りに古井戸があった。そこで、桶に水を汲み、さらに奥に行くと、古い墓が出て来た。

さらにその奥に墓標だけが立っている墓があった。風雨に晒され、朽ちかけたような墓標に、微かに重吉という文字が読み取れた。

「このようですね」

ほとんどお参りに来た形跡はなかった。

政吉はその墓標の前に花を手向《たむ》け、線香を立てた。

「重助さん。すまなかった。許してくれ」

政吉は手を合わせ、ひとりごとのように言った。

もし、政吉が又五郎のことを訴え出ていたら、重助の疑いは晴れたかもしれない。いや、晴れただろう。

だが、だからといって政吉が責められようか。重助を捕まえたのは岡っ引きの公太なのだ。

奉行所が重助の亡骸を長屋の連中に引き取らせたのも、詮議の過程で、ひょっとしたらシロかもしれないという疑いを抱いたからではないか。

栄次郎も墓標に手を合わせた。見知らぬ男だが、悲運な一生を終えた重助が哀れでならなかった。

この墓の様子を見る限り、やはり重助には身内はいなかったのだと思わざるを得なかった。

「矢内さま。誰もお参りにきていないようですね」

政吉が悄然と呟く。

「ええ。おかみに遠慮して、墓参りをやめていたとも考えられますが……」

長屋の連中も日々の暮らしの中で重助のことは忘れて行ったのであろう。たとえ、思い出すことがあっても、墓参りまでは考えつかなかったのかもしれない。

「行きましょうか」

栄次郎は声をかけた。

もう一度、政吉は墓標に手を合わせ、その場から離れた。

隣りの墓の前を通ったとき、何気なく墓石銘を見て胸が疼いた。亡くなった日が文化四年八月十九日となっていた。それも三人ともだ。

永代橋の崩落事故で亡くなったのに違いない。いっしょに葬られているのは家族だからだろう。

痛ましいと、栄次郎は胸が痛くなった。

「どうしました?」

政吉が立ちどまった栄次郎の顔を不思議そうに見た。

「政吉さんは永代橋の崩落事故を覚えていますか」

「ええ」

「このお墓の三人の命日は文化四年八月十九日です」

「そうですか。あの事故で亡くなったのですね」

政吉は表情を曇らせた。

そして、その墓に向かって手を合わせた。その厳しい横顔に、栄次郎は声をかけた。

「政吉さん。ひょっとして、政吉さんの身内に事故の犠牲者が？」

「はい。ふた親が……」

政吉は絞り出すように口にした。

「私は十八でした。小間物の行商をやりはじめた頃です。ふた親に祭を見物させてやりたくて出かけたんです。そしたら、橋が通行止めで、橋の袂は黒山のひとだかりでした。聞けば、一橋家の船が通るからだというじゃありませんか。なんとも、ふざけた話です。一橋家の人びとのために何万というひとが足止めを食らったんです」

政吉は怒りを呑み込むように大きく息を吸い込んだ。

「みんな焦《じ》れてました。川の向こうから祭囃子が聞こえて来るんです。気持ちは祭に行っています。それでも、足止めが続いて。なかなか船が通らない。その間にも群衆はどんどん集まってきて。もう押し合いへし合いですよ。子どもの泣き叫ぶ声が聞こえました。おやじもおふくろも怖がっていました。人ごみから脱けようにも脱け出せません。そんな状況の中を、一橋家の船は予定より大幅に遅れて橋の下を通過して行ったんです」

栄次郎もそのときの状況が蘇る。

「やっと橋止めが解除されたあと、待ち疲れた群衆は一斉に橋を渡りだしたんです。

きですよ。轟音と同時に悲鳴が聞こえました。前のほうで何が起こったのかわかりません。ただ、何か異変が起きたことは間違いありません。ですが、後ろから押され、私たちも後ろから押されるままに橋を渡りはじめました。橋の真ん中辺りまで来たと私たちは前へ前へと追いやられました。そして、地獄図を見ました。橋が壊れ、ひとが雪崩《なだれ》を打って川に落ちて行くんです。引き返すどころか足を踏ん張ることも出来ません。後ろから押されるまま、私たちも川に落ちました。川はひとで埋まってました。浮かんでいるひとも落ちて来た人間の衝撃で沈んでいきました。私はおふくろの手を摑んでいましたが、いつの間にか手が離れ……」

そのときのことを思い出したのか、政吉は嗚咽《おえつ》をもらした。

「すみません。もう十何年も経つというのに」

「いえ、悲しみは何年経っても消えるものではありません」

「私は岸まで泳いで助かりました。翌日、死体の安置してある寺の境内に行くと、並べられた死体の中におやじとおふくろがいました」

政吉は目の前の墓に目をやりながら、

「ここに眠っているひとも、きっと家族だったんでしょうね」

と、しんみりと言った。

口数も少なく、栄次郎と政吉は帰途についた。

翌日、朝餉を食べ終わったあと、母がやって来た。

「岩井さまから文が参りました」

そう言い、文を寄越した。

「すみません」

栄次郎は文を開いた。明日の夜、薬研堀の『久もと』にて会おうと記されていた。

『久もと』は料理屋である。深刻な話をするのなら、もう少し別な場所がありそうだが……。それほど深刻な問題を抱えているわけではないのだろうか。

その日の午後、浅草黒船町のお秋の家に行った。三味線の稽古をしていても、何か気が晴れなかった。

政吉のふた親が永代橋崩落事故の犠牲になっていたことを知り、気持ちが沈んでいるのだ。

しばらくして、磯平が訪ねてきた。

三味線を置き、階下に行くと、磯平が土間に立っていた。

栄次郎は磯平といっしょにお秋の家を出て大川端に向かった。

「その後、何の動きもありません」

公太のほうにも犯人の働きかけはないようだった。警戒の目が厳しくて、犯人が動けないのだろうか。

「もうしばらくは警戒を続けるつもりですが、今は夜だけにしています」

「犯人の意図がわかりません」

栄次郎は焦れたように言う。

「書置きに記した全員を殺すつもりだったのか、それともほんとうの目的は三人だけだったのか」

その可能性もあるかもしれないと、栄次郎は思った。

「じつは、公太さんから『河内屋』の番頭だった正五郎さんのことを調べてみろと言われ、会いに行ってきました」

磯平は厳しい顔で言う。

「どうでしたか」

「今、正五郎さんは駒込《こまごめ》で小さな古着屋をやっていました。それなりに商売は順調なようでした。甑右衛門が死んだことを告げると、とても驚いていました。その様子に偽りはないと思いました」

正五郎が苦しい暮らしを強いられて、そのことから甑右衛門への恨みを募らせたというのが、公太の考えだった。どうやら、その考えは違ったようだ。

「『河内屋』をやめたのは、信三に使われるのがいやだったからだそうです。先代には恩があるが、信三には手を貸したくない。そう思ったそうです」

「なぜ、信三さんをそんなに嫌っていたのでしょう？」

「わけは言いませんでしたが、ただ人間が汚いとだけ」

「人間が汚い、ですか」

「ええ。それから重助とは親しかったそうです。正五郎が言うには、重助には身内はいないはずだと言ってました。天涯孤独の身の上だと聞いたことがあるそうです」

「そうですか。やはり、重助には身寄りがいなかったのですね」

栄次郎はまたも疑問がわき上がった。では、甑右衛門を殺したのは誰なのだ。甑右衛門、田之助、又五郎。この三人に共通しているのはやはりあの押込みでしかない。

さらに、公太、政吉と加われば、押込み以外には考えられない。

だが、何か見落としていることがあるのだろうか。

「親分。何か我々は事件を見誤っているのではないでしょうか」

栄次郎は疑問を口にした。

「見誤る？」

「ええ。動機は重助のことではなかったのではないか、ふとそんな気がしたのです」

「でも、書置きに記された五人は、すべて重助の事件に絡んでいます」

「ええ、そこがわからないのですが。ただ、犯人のほんとうの狙いは又五郎、田之助、瓫右衛門の三人だけで、公太さんと政吉さんにまで危害を加えようとはしないのかもしれません」

「そうでしょうか」

「ええ。先の三人に比べると、公太さんと政吉さんにはどうしても復讐しなければならない理由はないように思えます。もっとも、だからといって、警戒を解いていいというわけではありませんが」

栄次郎はまだ自信はなかった。

だが、何か自分は見落としているものがあるような気がしてならなかった。それが何なのか、さっぱりわからなかった。

第三章　一橋家の船

一

翌日の夕方、栄次郎は薬研堀にある料理屋『久もと』に上がった。早めに着いたつもりだったが、すでに岩井文兵衛は来ていて、女将を相手に酒を呑んでいた。

栄次郎は座敷に入り、挨拶したあと、やはり文兵衛の様子に違和感を持った。いつもの明るさがない。

文兵衛は洒脱で、遊び上手。小粋な男だ。喉がよく、声が艶《つや》っぽく、端唄を唄うときの色気は半端ではない。

こういう男になりたい。栄次郎にそう思わせるおとなの男の魅力に満ちあふれている。

栄次郎の三味線で唄うのを楽しみにしていて、ときたまここに招待をしてくれるのだが、今の文兵衛は別人のようだった。

女将が栄次郎に酌をしてくれ、酒を呑みはじめたが、やはり文兵衛はいつもと違った。盃を口に運ぶ文兵衛の表情は屈託をはらんでいるように暗かった。やはり、兄の言葉は正しかったようだ。

しかし、栄次郎と酒を酌み交わすうちに文兵衛の表情がようやく輝いてきた。

「ところで、栄次郎どの。わしに頼みがあるそうだが」

文兵衛はふだんと同じような調子で語りかけた。文に、そう認《したた》めたのだ。

「はい。じつは市村咲之丞さんが新しい演し物をやりたいそうなのです」

「新しい演し物？」

「はい。来年の興行で披露したいそうなのです。じつは吉右衛門師匠から作曲をしてみないかと勧められました」

「しかし、作曲をしてきている師匠がいるだろうに」

「咲之丞さんは新しい曲想を求めているようなのです」

「なるほど。それで、そなたのところに話がきたのか」

「はい」

「その方面にも才能を広げるのはよいことではないか」

文兵衛は栄次郎が新しいことに挑戦するのを歓迎するように言った。

「はい。ただ、詞は私には無理です。それで、御前《ごぜん》に作詞をお願い出来ないかと」

「わしが詞を？」

「はい。いかがでしょうか。御前なら、知識も豊富ですし、その方面の素養もございます。ぜひ、引き受けてくだされぱと」

栄次郎は熱心に話した。人生の酸《す》いも甘いもかみ分けている文兵衛なら、きっと素晴らしい詞が出来ると、栄次郎は信じていた。

「うむ。で、どのような曲を希望されているのだな」

文兵衛も乗り気になってきた。

「祭を題材にしたいそうです」

「祭？」

「はい。市村咲之丞さんは来年の八月の興行を目指したいということで、深川の八幡祭を題材に……」

文兵衛の表情が強張った。

「御前、いかがなさいましたか」

驚いて、栄次郎は声をかけた。

「うむ？」

はっとしたように、文兵衛が顔を向けた。

文兵衛の表情は曇っている。常に泰然としていて、何ごとにも動じない。そんな文兵衛が暗い顔をして吐息をついた。

「何か心配ごとでも？」

「いや……」

「しかし、お顔色が優れませぬ。何か、思い悩みのご様子」

「…………」

「どうぞ、お話しください」

「うむ」

「御前。どうか」

文兵衛は厳しい顔を向けた。

「じつは……。いや、またにしよう」

文兵衛は首を横に振った。

「言いかけましたのに、水臭いではありませぬか。どうぞお話を。私でお役に立てるものならなんでもいたします」

栄次郎はさらに迫った。

「わかった。女将」

文兵衛は女将に座を外すように言った。

「はい。では、向こうに行っています」

女将と女中が座敷を出て行ってから、

「じつは、先月、深川十万坪にある下屋敷で小火《ぼや》があった」

と、文兵衛は切り出した。

「小火？」

「うむ」

文兵衛は難しい顔をした。

「小火で済んだのは発見が早かったわけではない。燃えたのは物置小屋だったからだ」

「物置小屋で小火ですか」

「付け火だ」

「付け火？」

「犯人は母屋を狙わず、あえて物置小屋に火を付けた」

「どういうことなのでしょうか」

栄次郎は不思議そうにきいた。

「栄次郎どのは、永代橋の崩落事故をご存じか」

文兵衛はふいに関係ないことを口にした。

「永代橋の崩落事故？　富岡八幡宮の祭礼の際に永代橋が崩れた事故ですね」

栄次郎は衝撃を隠しきれずにきき返した。なぜ、文兵衛が永代橋の崩落事故を持ち出したのか。

「そうだ。あの大惨事だ」

「付け火と何か関係が？」

栄次郎はきいた。

「うむ」

「その事故が何か」

文兵衛はこの期《ご》に及んでもなおも言い渋っている。

「その崩落事故がどうかなさいましたか」

栄次郎は重ねてきいた。

「祭は例年八月十五日に行なわれるのだが、その年に限って長雨でな。四日も順延され、十九日になった」

だから、四日間も順延になり、当日は、待ちくたびれた人びとが朝から一挙に押しかけたのだと、文兵衛は話した。

「もともと老朽化した橋であったため、群衆の重みに耐えられず、崩れたのだ」

まさか、栄次郎が別の事件に絡んで永代橋崩落事故を蘇らせていたとは想像も出来ず、文兵衛は事故を話していたが、あるところでまた口が閉ざされた。

「このことが何か」

大惨事から十五年以上経つ今、なぜ、そのことを口にしたのか。文兵衛が一橋家の用人だったことに思いを馳せ、強風をまともに食らったような衝撃を受けた。文兵衛が語る永代橋崩落事故は別の側面を持っていると思った。

「ひょっとして、一橋家の船のことで何か」

栄次郎は察してきいた。

「あの崩落事故の起こる直前、一橋家の姫君、若君、お女中衆が乗った船が永代橋下を通過するというので、その間、橋は通行止めになりました」

栄次郎は文兵衛に代わって話した。

「そうだ。船が通ったあと、通行止めは解除された。すると、待たされていた群衆は雪崩《なだれ》を打ったように橋を渡りはじめた。その群衆の重みに耐えきれずに橋が崩れた
……」

文兵衛は苦衷《くちゅう》に満ちた顔で言う。

文兵衛は治済が家督を斉敦《なりあつ》に譲って隠居したときに一橋家を離れた。そのとき、父も一橋家から去っている。

したがって、事故の起きた文化四年に一橋家には文兵衛も父もいなかった。

「御前。この事故と物置小屋の付け火に何か関わりが?」

栄次郎は改めてきいた。

文兵衛は苦しそうに溜め息をついてから、

「じつは、一橋家に脅迫状が届いた」

と、打ち明けた。

「脅迫状?」

「永代橋の崩落事故の犠牲者の身内らしい。事故の責任は一橋家にある。責任を感じているなら謝罪の意味で一千両を用意しろと言ってきた。もし、払えぬのなら、今年

の祭礼の日までのうちで大風の日に上屋敷と中屋敷に同時に火を放つと書いてあった。一橋家が出火元で江戸の町が焼けつくされても、責任はいっさい一橋家が負うべしと」

「なんと」

栄次郎は憤然とした。

「しかし、なぜ、今頃、一橋家に？」

「うむ」

文兵衛は難しい顔で腕組みをした。

「いたずらでは？」

「いや。ほんきのようだ」

「と、言いますと？」

「脅迫状には付け火のことを触れてあった。さっきも言ったように、深川の下屋敷の物置小屋を焼いただけで済んだのは、母屋に火を放たなかったからだ。あれは、いつでも火付けが出来るという示唆なのだ」

「………」

「さらに、脅迫状には自分のことも具体的に書いてあった。自分は孝助《こうすけ》という名で、当時八歳だった。父と母といっしょに祭礼に行ったが、橋の崩落でふた親は死んだ。その後、孤児になり、今では同じように孤児になった仲間と七人で盗み、かっぱらいをして生きていくようになった。これも、一橋家の責任だと」

「おとなになった今になって恨みを晴らそうとしているのですか」

「そうらしい」

「仲間は七人」

「そうだ」

「孝助というのはほんとうでしょうか」

栄次郎は疑った。

「一橋家の用人がひそかに調べたそうだ。ほんとうに孝助という子どものふた親は崩落事故で死んでいた。霊岸島に住んでいたそうだ。孝助という子どもがその後、どうしたのかわからない」

文兵衛はふっと息を吐き、

「事故当時の当主は斉敦《なりのり》さまだったが、斉敦さまは文化十三年にご逝去され、今の当主は斉敦さまの長男の斉礼さまだ。ご家来衆も変わり、斉礼さまにはまったく関係ないのだ」

「で、具体的にどうしろと？」

「千両箱を船に積んで向島の隅田川神社まで持って来いと言う。しかし、この手の脅迫はこれで済むはずはない。一度、脅迫に屈すれば、なおも続く」

「そうだと思います。で、奉行所には？」

「いや。まだだ。一橋家のほうでは奉行所に知らせるつもりはないようだ」

　文兵衛は苦悩に満ちた顔をした。

「孝助らは一千両出さねば上屋敷、中屋敷に火を放ち、江戸中を燃え尽きさせる。その動機を、瓦版に書かせ世間に訴える。すべて一橋家が禍根の元だと。脅迫状には、こと細かく書いてあった。脅迫文を書いたのが孝助だとしたら、孝助はかなりの教養のある人間に違いない。頭がいい。迂闊には出られない」

「で、金の受け渡し日は？」

「追って知らせるということだ」

　すべてにおいて緻密な計画のもとに実行しているようだ。

「受け渡し日がわかったら、私にも知らせていただけますか」

「危険な真似をするのでは？」

「いえ、遠くから確かめるだけです」

「うむ。わかった。だが、くれぐれも無茶はしないように」

「はい。それにしても、御前はもはや一橋家とは関わりのない身ではございませぬか。なぜ、この件に？」

「大御所に頼まれた」

「大御所……」

家斉の父治済である。そして、栄次郎の実父だ。今は高齢であり、病床にあると聞いている。

「斉礼さまがご相談申し上げたらしい。それで、わしに話がきた」

文兵衛は溜め息をつき、

「なぜ、そこまでするのかと思われるのであろう」

「はい」

「この醜聞を思い起こさせ、一橋家を貶《おとし》めようという勢力に利用されることを恐れているのだ」

「一橋家を貶めようという勢力ですか」

「そうだ。今や将軍家をはじめ御三家や御三卿、有力大名などはほとんど一橋家の血筋で占められている。幕政において治済さまの発言力は高い。そのことに反撥をしている者も幕閣の中にいる。庶民の怨嗟を煽り、一橋家の威を封じ込めようとする者につけ入る隙を与えてはならないということだ」

治済は自分の息子を十代将軍家治《いえはる》の養子に出し、やがて十一代将軍家斉が誕生すると、大御所としての権勢を欲しいままにした。自分の息子や孫を田安《たやす》家、清水《しみず》家などに養子に出して家督を継がせた。

今の尾張徳川家の当主も治済の孫である。

「今、大御所さまも病床に臥し、権勢に衰えを見せている。このようなときに、一橋家に対する醜聞が世間に広まれば、この機に乗じて一橋家を封じ込めようとする動きにならぬとも限らぬ。このことだけは、防がねばならぬのだ」

「しかし、なぜ、一橋家なのでしょうか。崩落の原因がすべて一橋家にあるというのは筋違いのような気もしますが。仮に、一橋家の船が通らなかったとしても、老朽化した橋はいずれ崩れたはずです」

「実際はそうだが、どうしても世間の印象は一橋家が悪者になってしまう」

「しかし、今になっての復讐は解《げ》せませぬ。当時のご当主は斉敦さま」

斉敦はすでに亡くなっている。

逆恨みではないかと、栄次郎は思った。それだけで復讐に走るのは理解に苦しむ。

「それに、通行止めをしたのは奉行所の同心の判断だったのではありませんか」

「橋を通行止めにしたのは奉行所の一存だ。一橋家から頼んだことではない。だが、そういう措置をとることは一橋家も十分に予想がついた。にもかかわらず、船を出した。そういう批判は当時もあった」

さらに文兵衛は続けた。

「それに、橋止めに関わった橋役人や橋番人など、事故のあと入牢を申し渡されている。それぞれ責任をとらされた。だが、一橋家はお構いなし」

文兵衛は厳しい顔を向け、

「じつは手紙にもう少しあることが書かれてあった」

「なんでしょうか」

「船が橋をくぐってしばらくしてから惨事が発生した。だが、一橋家の船は停泊してしばらく事故の様子を見ていたという。助けに馳せ参じず」

「…………」

「それだけでなく、一橋家の船に向かって何人かが泳いで行った。だが、助けようとせず、船はそのまま行ってしまった。泳いで行った人間のうちひとりが溺死したそうだ。脅迫状の主は溺死した男の子どものようだ」

「その話はほんとうなのでしょうか」

「わからぬ。こっちからすれば、とんだいいがかりかもしれぬ。だが、相手はそう思い込んでいるようだ。いや、もし、瓦版でそのように告げられたら、世間の人間は信じるだろう。すべてを一橋家を悪者にする風潮がはびこってしまう」

「なんとか、犯人たちに一橋家だけの責任ではなかったことをわかってもらう必要がありませぬか」

「だが、そのためには孝助と接触しなければならぬ」

文兵衛は表情を曇らせた。

「一千両を払うということでしょうか」

「さっきも話したように、一千両払ったら、味を占めて今後何度でも同じことをくり返してこないとも限らぬ。だが、孝助と会う唯一の機会は金を受け渡すときだ」

「つまり、取引に応じる構えを見せて、犯人をとらえるということですか」

「そこにしか活路はない。事故から十七年経ち、親を亡くした子どもたちが成長し、徒党を組んで一橋家に復讐をはじめた。そういう雰囲気を世間に広めることだけはなんとしてでも避けたい」

文兵衛は苦い顔をして、

「ただ、当時、一橋家が何もしなかったわけではない。幕閣を動かし、事故の犠牲者に見舞金や生活の支援金を出すように進言し、一橋家としてもかなりの金を出している」

「そのことは世間は知りません」

「一橋家の名を出さぬようにしたからだ。一橋家が金を出していたことがわかったら、責任を認めたようになってしまう。そのことを心配し、名を伏せたのだ。だから、まったく素知らぬ顔をしたわけではないのだ」

文兵衛は息継ぎをして、

「だが、今となっては、そのことが裏目に出てしまったようだ」

と、無念そうに言う。

「しかし、脅迫状の文面が真実だとしたら、孝助たちは見舞金も支援金も受け取っていないようですね」

栄次郎は溜め息をついた。

「そうだ。どういう基準で金が配布されたかどうかわからぬが、孝助たちはなんの援助も受けていなかったことになる」

一部でうまい汁を吸った人間がいるのかもしれない。

「いずれにしろ、孝助たちは一橋家に金を要求しているのだ」

「一橋家は金を出すつもりはないのですか」

「ない。ただし、千両箱は用意するつもりだ。孝助と接触するためにな。もちろん、付け火に備え、屋敷の周辺の見張りを厳しくしている」

　ふと、文兵衛は気づいたように、

「いや。こんな話をして無粋だった。これから、騒ぐか」

「いえ、十七年前のこととはいえ、大惨事を思い出して胸が痛みます。きょうは、そんな気持ちにはなりません」

「そうよな。じつはわしもそうだ」

　文兵衛もやりきれないような顔をした。

「御前。金の受け渡しに私もいっしょさせてください。孝助という男に会ってみたいのです」

「いや。これは一橋家だけで始末させねばならぬのだ。腕の立つ者を揃えて、船に乗り込ませ、取引場所に行かせるつもりだ」

　そう言う文兵衛だが、表情は優れない。

「ひょっとして、御前と一橋家とでは意見の相違があるのではありませんか」

栄次郎は察してきいた。

「栄次郎どのはなんでもお見通しよな。じつは、わしは奉行所に知らせ、対処すべきだと言っているのだが、一橋家は聞き入れない」

「つまり、孝助たちを皆殺しにする。そうなのですね」

「そうだ。さっき腕の立つ者を揃えていると言ったが、じつは火盗改《かとうあらた》めに依頼をしているのだ」

「火盗改めに?」

「そうだ」

火盗改めは、火付、盗賊や博打などの極悪人を怪しいと思えば容赦なく、どこへでも踏み込んで、どしどし捕まえることが出来る。奉行所のように、証拠がどうのこうのという七面倒くさいことは必要ない。

怪しい奴を捕まえて拷問にかけて、一切を白状させるという荒っぽいやり口で事件を探索していく。無実の人間を罪に陥れる危険性があるが、火盗改めにとっては極悪人をとらえることに第一の目的があり、場合によっては相手を殺しても構わない。

一橋家は、孝助たちを全員皆殺しにさせる腹なのだ。

「脅迫状に書かれたことが事実なら、孝助たちは犠牲者ではありませんか。まず、ほんとうに事故の遺児だったのか、便乗犯だったのかをはっきりさせるべきではありませんか。やはり、奉行所に訴えるのが筋だと思います」

「すでに火盗改めが動いている」

文兵衛は苦い顔をした。

これでは一橋家はまた大きな罪を重ねてしまう。文兵衛が心を悩ましていたのは、このことも大きく影響していたのかもしれない。

孝助を探そう。栄次郎はそう思った。ふと、文兵衛が厳しい目を栄次郎の顔に注いでいるのがわかった。

二

翌日、栄次郎は永代橋を渡った。

崩落事故から二年目に新しく橋は架け替えられたのだ。橋を往来するひとの記憶からも崩落事故のことは消えているに違いない。

橋の真ん中辺りを過ぎてから、栄次郎は欄干に寄り、川を見下ろした。

船が行き交っている。かなりの高さがある。この高さからどんどん墜落していったのだ。その恐怖が襲いかかり、背筋を冷たくした。

橋を渡ると佐賀町《さがちょう》である。栄次郎は仙台堀に出て、堀沿いを亀久町に向かった。元岡っ引きの公太の妻女がやっている一膳飯屋は暖簾はまだ出ていなかったが、昼の支度で忙しそうだった。

栄次郎はいつものように裏口から訪れた。

声をかけると、公太が出て来た。

「これは矢内さま。さあ、どうぞ」

「お邪魔します」

坪庭に面した部屋で、公太と差し向かいになった。

公太は煙草盆を引き寄せてきく。

「あれからおとなしいものですぜ。ほんとうに襲って来るんでしょうかねえ」

「ええ。警護の成果ばかりとは思えません。ひょっとしたら、もう襲う気はないのかもしれません。いえ、最初から襲う気はなかったのかも」

「え、どういうわけですかえ」

「狙いは最初の三人だけ。よく考えてみても、重助さんを犯人だと決めつけたのは甑右衛門。押込み犯は又五郎と田之助。この三人の罪と比べたら、公太さん、政吉さんのほうはちっぽけなものです。復讐するような理由がない。公太さんと政吉さんの名前が書いてあったのは見せかけだけだという可能性もあります。もちろん、まだ油断は禁物ですが。なにしろ、いまだ犯人の手掛かりが得られないんですから」

「そうですね」

公太は煙管《きせる》をくわえ、煙を吐き出してから、

「で、きょうは何か」

と、きいた。

「公太さんは永代橋崩落事故のあと処理をしたのですよね」

「ええ、亡骸の身元調べとか遺族への引き渡しなどの手伝いをしました。愁嘆場《しゅうたんば》を目の前にしてつらかったですねえ」

「ふた親を亡くし孤児になった子どもはたくさんいたのでしょうね」

「ええ、いましたね。親戚がある子はそこに引き取られました。そうでない子は町内で面倒を見て育ててましたが、肉親じゃありませんからね。やがて、家出をしていったりして、どこかへ行ってしまう子が多かったようです」

「ふた親を亡くした子どもで、孝助という男を知りませんか。当時、八歳でした」

「孝助ですか。どこに住んでいたかわかりますか」

「いえ」

「ちょっと待ってくださいよ。孝助、孝助……」

小首をひねり、公太は熱心に考えている。

「待ってくださいよ。そうだ、死体の安置所で、懸命に親の亡骸を探していたんだ。名を孝助と名乗った。佃島の漁師に助けられたそうだ。亡骸と対面してもじっと歯を食いしばり、涙を見せなかった」

「その後、その子はどうしたかご存じですか」

「いや。わかりません。確か、霊岸島町の長屋に住んでいたはずです。矢内さま。孝助がどうかしたんですかえ」

「いえ、崩落事故のことを考えていたら、ふた親が犠牲になった子どもたちがどうしたか、気になったものですから」

栄次郎の言い訳をすんなり信じたわけではないようだが、公太は何も言わなかった。

その後、いくつかのやりとりがあってから、栄次郎は公太の家を辞去した。

再び、永代橋を渡り、霊岸島町にやって来た。

自身番に寄り、孝助のことをきいてみた。すると、ひと月前にも孝助のことをききに来たお侍さんがいたと、家主が話した。

わけを訊《たず》ねられ、適当な言い訳を話した。栄次郎は自身番を出てから、孝助親子が住んでいた長屋に行った。

だが、長屋の住人はだいぶ替わっていて、十七年前に住んでいたのは鋳掛け屋《いかけや》の松蔵《まつぞう》という男だけだった。

松蔵は足を痛めて仕事を休んでいると、大家が言った。この大家自身もこの長屋には十年前からだという。

松蔵の家の腰高障子を開けると、狭い部屋の真ん中であぐらをかいて酒を呑んでいた。ちんまりした顔で、額に無数の皺が刻まれている。

「誰だい、おまえさんは？」

とろんとした目を向けてきく。

「矢内栄次郎と申します。昔、この長屋に住んでいた孝助という男のことでおききしたいのですが」

「孝助？」

「十七年前、永代橋の崩落事故でふた親を亡くした孝助です」

「ああ、あの孝助か」

松蔵は茶碗に酒を注ぐ。

「覚えていらっしゃいますか」

「ああ、覚えているさ。おやじとは親しかったからな」

「そうですか。今、孝助さんがどこにいるかわかりませんか」

「さあ、わからねえな」

湯呑みを口に運び、零《こぼ》しながら酒を呑んだ。

「事故のあと、孝助さんは長屋を出て行ったんですか」

「いや、三年ばかり、俺といっしょに暮らした。だが、十一の春に、出て行きやがった。黙ってな」

「そうですか。では、その後、どうしているのか、まったくわからないのですね」

「でも、三年前に偶然会ったぜ」

「えっ、あった？　どこで？」

思いがけぬ返事に、栄次郎はあわててきいた。

「築地《つきじ》だ。南小田原《みなみおだわら》町《ちよう》の左門次店《さもんじだな》の路地で鍋の修理をしていたら木戸を入って来た遊び人ふうの男がいた。それが孝助だった」

「孝助さんに間違いなかったのですか」

栄次郎は確かめた。

「ああ、十何年ぶりだったが、間違いっこねえ。それに、孝助の奴も俺に気づいて、懐かしそうに近寄って来た」

「言葉をかわしたのですね」

「いや、あまり自分のことは言わなかった。今、どこに住んでいるかも教えてくれなかった」

「孝助さんはその長屋に住んでいたんですか」

「いや。長屋に住む市次《いちじ》って男を訪ねて来たらしい。だが、市次は留守だったので、すぐ引き返して行った」

「その後、市次さんには会いましたか」

「ああ、孝助のことを知りたくて、数日後に訪ねた。賭場で知り合ったと言っていたが、市次も孝助の住まいは知らなかった」

「そうですか。南小田原町の左門次店の市次さんですね」

「ああ。だが、もう市次って男はいないぜ」

「いない？」

「うむ。半年前に引っ越して行った」

「どこに行ったかわかりませんか」

「さあ、長屋の人間は知っているかもしれないが」

「で、このことは孝助さんのことを調べに来たお侍にも話したのですね」

「ああ、話した。火盗改めの同心だ」

やはり、火盗改めか。

「その侍は何か言っていましたか」

「いや。ただ、左門次店に行ったみたいだがね」

松蔵はとろんとした目を鈍く光らせ、

「孝助がどうかしたのか」

「いえ。孝助さんがどうのこうのではなくて、孝助さんの知り合いのことで確かめたいことがあるんです」

「そうかえ?」

松蔵は疑い深そうな顔をして、

「火盗改めの同心は孝助がなにやらの事件に絡んでいる疑いがあると言っていた。どうなんだえ」

「そんなはずはないでしょう」

栄次郎は否定した。

「ともかく孝助さんから話を聞けば、すべてわかります。疑いを晴らすためにも、一刻も早く見つけ出したいんです」

「俺は……」

松蔵が言いさした。

「なんですか」

「いや、なんでもねえ」

「なんでも構いません。仰っていただけませんか」

「三年前会った孝助はずいぶんやつれていた。軽い咳もしていた。奴は胸をやられていたようだ。俺の亡くなったおやじと同じ症状だった」

「…………」

「だから、今はもう起きられない状態ではないかと思う」

松蔵は急にしんみりした。

「それはほんとうですか」

「ああ、ほんとうだ。まだ、死んではいまい。死ぬなら、ふた親と同じ墓に入れてもらうように言い残すはずだ。まだ、墓には入っていない」

「そのことは火盗改めには？」

「話す暇はなかったからな。でも、市次に会えば、わかることだ。俺は市次に、孝助の容体をきいた。そしたら、この前、血を吐いたって言っていた。孝助は自分の病気のことがあるから、俺に居場所を教えなかったんだろう。水臭いやろうだ」

松蔵は涙ぐんだ。

「そうですか。孝助さんはそんなに悪くなっていたのですか」

「永代橋の事故でふた親を亡くしてから、ずっと寂しい思いをしてきたんだ。俺のところを飛び出し、どこに行ったか教えてくれなかったが、きっと苦労してきたんだろうぜ。あんな事故に遭わなければ……」

松蔵は悔しそうに言った。

事故の遺族の中で、その後、ちゃんと生きていった者も多いだろうが、不幸な人生を送らざるを得なかった者もいる。

そういう人間にとっては、崩落事故の原因を作った者たちへの激しい憤りはなかなか消えないに違いない。

松蔵が嘘をつくとは思えないので、孝助が病気に罹《かか》っていたことは事実であろう。

松蔵はすでに孝助に死期が迫っていると考えているようだ。

一橋家に脅迫状を書いたのは孝助ではない。だが、孝助のことを知っている人物だ。市次かもしれない。そうでなくとも、市次なら、孝助になりすました人物が誰だかわかるだろう。

栄次郎は霊岸島町から南小田原町に向かった。

鉄砲洲稲荷の前の賑わいを脱け、明石町《あかしちょう》から南飯田町《みなみいいだまち》を経て、南小田原町にやって来た。左門次店はすぐにわかった。

長屋木戸を入ると、井戸端で野菜を洗っている女がいた。

「ちょっとお訊ねします。こちらに市次さんというひとが住んでいたと思うのですが」

栄次郎は尻の大きな女に声をかけた。

「市次さんなら半年前に出て行きましたよ」

大根の泥を落とす手を休めて、女は顔を向けた。

「どこへ行ったかわかりませんか」

「さあ、知りませんね」

「どなたか知っている御方はいるでしょうか」

「横道《よこみち》の旦那なら知っているかも」

「横道の旦那？」

「横道丹三郎《たんざぶろう》さまですよ。市次さんの隣りに住んでいましたから」

「今、横道さまは？」

「幟《のぼり》が立てかけてあるからおりますよ。ほら、奥から二番目ですよ」

「幟ですか」

確かに棹《さお》が立てかけてあった。幟に、占いの文字が見えた。

「ありがとうございました」

栄次郎は礼を言い、奥に向かった。

奥から二番目の家の前に立ち、栄次郎は腰高障子を開けて声をかけた。

「お邪魔します」

暗い部屋に、浪人体《てい》の侍が小机に向かって書き物をしていた。不精髭を生やした四十半ばくらいの男だ。

侍は筆を置いて顔を向けた。目が小さく、人懐こそうな顔をしている。

「失礼いたします。私は矢内栄次郎と申します」

「何か」

侍がきいた。

「横道丹三郎さまでしょうか」

「さよう。私に何か用なのか」

「市次さんのことでお邪魔しました」

「市次の引っ越し先なら知らぬ。これは、火盗改めの同心どのにも申し上げた。私はそれほど市次どのと親しいわけではなかったのでな」

丹三郎はすかさずに言う。やはり、火盗改めは先行している。

「なぜ、引っ越ししたのかはご存じですか」

「博打で負けて、この土地にいられなくなったようだ。一度、やくざ者がやって来て、騒いでいた。その声が聞こえて来た。負け金の催促だった」

「そうですか」

「役に立たず、すまなかったな」

丹三郎は謝った。

「いえ。もうひとつお訊ねしてよろしいでしょうか」

「うむ。なんなりと」

「孝助という男が市次さんを訪ねて来ていたと思うのですが、ご存じですか」

「あの窶《やつ》れた男か。何度か見かけたことがある。あの男は胸を病んでいたな」

やはり、孝助の病は誰の目にも明らかだったようだ。

「ふたりがどんな話をしていたのか覚えていませんか」

「いや、わからぬ。いつも聞き耳を立てているわけではないのでな」

「そうですね。わかりました」

「そなたは火盗改めとは思えぬが、なぜ、市次を探しているのだ？」

丹三郎が引き止めるようにきいた。

「ほんとうは孝助さんを探しているのです。市次さんと親しいようだと聞いて、まず市次さんを探そうと思ったのです」

「だから、どんなわけで探しているのだ？」

「ある事件に関わっているかいないか、本人に会ってはっきりさせようと思いまして」

「事件とは何か教えてもらえないか」

丹三郎は興味を示したようにきく。

「申し訳ございません。私は事件の当事者ではないので、ぺらぺら喋ることが出来ないのです」

「さようか」

丹三郎はしらけたような顔で、

「火盗改めの同心はある程度のことまで話してくれた」

「…………」

「鎌をかけていると思うか」

「いえ」

「まあいい。それより、そなたは何者なのだ？」

丹三郎は鋭い目をくれた。

「直参の部屋住です」

「いつまでも実家に厄介になっているわけにはいくまい」

「はい。兄が妻帯したら出て行くつもりです」

「どこぞに養子に行く当てでもあるのか」

「いえ、ありません」

「ない？　それはつらいな」

「いえ、今はまだ気楽です」

「そうか。それはいい」

いつしか、丹三郎の調子に合わせていた。

「失礼ですが、横道さまはどうして浪人に？」

「忘れた。思い出したくもないことだ」

「浪人暮らしは長いのですか」

「うむ。二十年近くにはなる」

「二十年近くも、浪々の身を？」

「いつか、誤解がとけて帰参が叶うと思ったが、とうとうきょうまで来てしまった。今ではすっかり、浪人暮らしが板についてしまった」

「失礼ですが、易者を？」

「入口の幟が目に入ったのか。そう、当たるも八卦《はっけ》あたらぬも八卦。大道易者だ。食っていくためにはなりふり構っていられないからな。人生とははかないものよ」

「そうかもしれません」

栄次郎は同調した。

「すみません。すっかり、長居をしてしまいました」

「いや、わしも話し相手が欲しかったのだ」

「では、失礼いたします」

栄次郎が戸に手をかけたとき、

「待て」

と、丹三郎が呼び止めた。

「火盗改めには話さなかったが、市次は三ノ輪《みのわ》にいる」

「三ノ輪？」

「吾作《ごさく》という百姓の家の離れで、孝助が養生をしている。市次は孝助の看病をしているようだ」

「どうして、そのことを私に？」

火盗改めに話さなかったことを栄次郎には話した。そのことが気になった。

「さあ、なぜかな。ただ、火盗改めの同心は浪人の私を見下《みくだ》すような態度で接してきたが、そなたは違った。そなたにはちゃんと答えたくなったのかもしれぬ」

「ありがとうございます」

「うむ。市次のこと、火盗改めには内証でな」

「はい」

「また、会いたいものよ」

丹三郎に礼を言い、栄次郎は外に出た。

長屋木戸を出たとき、ふと今別れたばかりの丹三郎のことを思い出した。いったい、何があって藩を追われたのだろうか。

誤解がとけて帰参が叶う望みを持っていたようだが、その願いも今は夢のことになった。

なぜか、藩にいられなくなった理由を知りたいと思った。

三

翌日の朝、栄次郎は朝餉をすますと、すぐに屋敷を出た。

湯島から池之端仲町を通り、下谷《したや》広小路に出てから山下を経て入谷《いりや》のほうに足を向ける。秋もだんだん深まり、過ごしやすい陽気になった。

三ノ輪に着いた頃、西の空に黒い雲を見た。まだ、青空が広がっているが、天気が崩れるのかもしれない。

栄次郎は付近の百姓家できいて、吾作の家を教えてもらった。

田圃が広がる中に木が生い茂っている場所があった。そこに吾作の家があった。栄次郎はそこに向かった。

まず、母屋を訪ね、出て来た野良着姿の女に、孝助のことを訊ねた。

「ええ、裏の物置小屋をお貸ししています」

「物置小屋?」

「物置小屋だったのをひとが寝泊まり出来るように直したんです」

「そうですか。では、お邪魔させていただきます」

「どうぞ」

野良着姿の女は籠《かご》を持って出かけて行った。

栄次郎は母屋の裏にまわった。母屋から少し離れた場所に小屋があった。風通しをよくするためか、戸が開け放たれていた。

栄次郎は小屋に近付いた。

戸口に立つ。薄暗い板敷きの間《ま》にふとんが敷かれ、男が横たわっていた。漢方薬の匂いがする。

男は目を閉じていた。

「お邪魔します」

栄次郎は声をかけた。だが、目を開けようとしない。荒い呼吸だ。頬はこけて、目の下には大きな隈《くま》が出来ている。

起こすのは気が引けるので、栄次郎は戸口で待つことにした。

四半刻（三十分）ほど経過したが、孝助が目を覚ます気配はなかった。迷っていると、背後で足音がした。

栄次郎は振り返った。

二十五、六歳の着流しの男が近付いて来た。市次かもしれないと思った。

「市次さんですか」

栄次郎は声をかけた。

「へい。お侍さまは？」

「私は矢内栄次郎と申します。ここは、横道丹三郎どのにお聞きしました」

「丹三郎の旦那にですか」

「ええ、あそこに寝ているのは孝助さんですね」

「ええ、孝助です。何か、孝助に？」

「いえ、市次さんからも少し話をお聞きしたいのですが」

「入りますかえ」

市次は小屋に入り、板の間に上がった。

「どうぞ」

栄次郎に上がるように勧める。

「失礼します」

栄次郎は板の間に上がった。

市次は眠っている孝助に顔を近付け、

「孝助。どうだ、気分は？」

と、大きな声で呼びかけた。

孝助はうっすらと目を開けた。だが、目の焦点は定まらないようだった。

市次は顔を栄次郎に向けた。

「いつお迎えが来てもおかしくないそうです。もう、話すことは出来ません」

「そうですか」

栄次郎は胸が潰れそうになった。

「矢内さま。何か、お話が？」

市次が催促した。

「孝助さんは、十七年前の永代寺崩落事故でふた親を亡くされたと伺いました。それは間違いないのでしょうか」

「ええ。ほんとうです。孝助は家族で祭に行き、あの事故に巻き込まれたんです。孝助は漁師に助けられたけど、ふた親はだめだったんです」

市次は俯いて言う。

「そういう話を市次さんにもしているんですね」

「ええ」

「ひょっとして市次さんの家族も？」

返事まで間があった。

「ふた親と兄が亡くなりました。あっしも漁師に助けられたんです。賭場で知り合ったあと、酒を呑んだとき、そんな話になりました。同じ境遇だと知ってから親しくつきあうようになったんです。そのときから、孝助は病に冒されていたんです」

市次はやりきれないように言う。

「他に同じような境遇のひとはいるんですか」

「いえ。あっしたちだけです」

「事故の遺族だということを知っているひとはいますか」

「隠すようなことではないのですが、誰にも話してはいません。いやなことを思い出すのは辛いですからね」

「誰もいませんか」

栄次郎は念を押した。

「ええ、ふたりでいるとき以外はそんな話はしませんから」

「横道丹三郎どのには？」

「いえ、話していません」

「市次さんの長屋で話したことは？　薄い壁一枚を隔てた隣りの横道丹三郎どのの耳にも届くのでは？」

「ええ。でも、長屋で話したことはありません」

「そうですか」

「あっ」

いきなり、市次が声を上げた。

「そうだ。いつか、孝助が言っていたことがあります。賭場で、あの事故のために仕事を棒に振った男と出会ったという話をしていた。名前は知りません」

「市次さんは会ったことは？」

「いえ、わかりません。孝助がそう言っていただけです。あっしはさして気に止めずに聞き流していただけですから」

その男が気になったが、名前もわからなければいかんともしようがない。

「矢内さま。何をお調べですかえ」

市次が不審そうにきいた。

孝助の名を騙《かた》られたのだ。話してもいいかもしれないと思った。

「じつは、一橋家の上屋敷に脅迫状が届いたのです」

「脅迫状ですって？」

市次は目を丸くした。

「ええ」

「脅迫状にはこう書いてあったそうです。自分は孝助という名で、当時八歳だった。父と母といっしょに祭礼に行ったが、橋の崩落でふた親は死んだ。その後、孤児になり、今では同じように孤児になった仲間と七人で盗み、かっぱらいをして生きていくようになった。これも、一橋家の責任である。責任を感じているなら謝罪の意味で一千両を用意しろ。もし、払えぬのなら、今年の祭礼の日までのうちで大風の日に上屋敷と中屋敷に同時に火を放つと書いてあった。一橋家が出火元で江戸の町が焼きつくされても、責任は一橋家にあると」

「嘘だ。この孝助ではない」

「ええ、病床に臥している孝助さんの仕業ではありません。また、同じ名前の孤児がいたとも思えません。何者かが孝助さんの事情を知って利用したのに違いありません」

「あっしじゃねえ。あっしはそんなことはしねえ」

市次は顔を横に振った。

「ええ、市次さんじゃありません」

「まさか、孝助が賭場で会った男……」

「ええ、可能性はあります。ですが、孝助さんしか会っていないんです。突き止めるのは難しいでしょう」

「よく聞いておくんだった」

市次は唇を噛んだ。

「孝助さんの意識がはっきりすることはあるんですか」

「ええ。日に何度かあります」

「では、そのとき、きいてみてくれませんか」

「わかりました。だめかもしれませんが、きいてみます」

「お願いします」

栄次郎は孝助の顔を覗き込んだ。相変わらず眠っているが、呼吸は荒かった。

栄次郎は百姓家の離れを出た。空に黒い雲が広がっていた。

三ノ輪から浅草黒船町に向かう途中、浅草阿部川町の政吉のところに寄った。

ちょうど政吉が店番をしていた。

「変わりはありませんか」

栄次郎は不審な動きなどないか確かめた。

「ええ、まったくありません。なんだか、犯人は私を狙うのを諦めたんじゃないかって気がします」

「そうですね」

「夜の外出は控えているし、警護のほうもお断りしようかと思っています」

「そうですね」

栄次郎は迷った。

「ただ、安心していいのかどうか、私にはわかりません。いまだ、犯人の手掛かりさえ摑めていないのですから」

「警護の方に申し訳ないので、やはりもう中止してもらおうかと思います」

「ただ、もうしばらくは夜の外出は控えてください」

「そうします」

政吉は素直に応じた。

ふと、思いついて、栄次郎は口にした。

「孝助、市次という男をご存じではありませんか」

「孝助、市次ですかえ。いえ」

「そうでしょうね。犠牲者同士だからといって知っているわけではありませんものね」

「矢内さま。何かあったのですか」

「いえ、なんでもありません。そうそう、吉右衛門師匠には政吉さんのことは話してありますから、その気になったらいつでもお稽古にいらっしゃってください」

「わかりました」

「では」

「もうそろそろうちの奴も帰って来ますから」

「いえ、また、様子を見に参ります」

「矢内さま、空がずいぶん暗くなって来ました。降られるといけません。傘をお持ちください」

「いえ、黒船町まですぐですから」

栄次郎は政吉と別れ、黒船町のお秋の家に向かった。厚い雲が垂れ込めていた。

三味線を弾いていて、ふいに脳裏を何かが掠め、そのたびに音色が乱れた。橋が崩れる光景が何度か襲いかかるのだ。

又五郎、田之助、甂右衛門を殺した犯人はあれから何の動きも見せない。政吉や公太を狙っている気配はない。

警戒が厳しくて手が出せないだけとは思えない。犯人は目的を果たした。そういうことではないのか。

つまり、最初から狙いは三人だったのだ。では、なぜ書置きには五人の名を連ねたのか。ひょっとして、それこそ犯人の策略だったのではないか。

この事件では何か大きな見落としをしているのではないか。その思いは以前からあったが、ますますその思いが強くなった。

梯子段《はしごだん》を上がって来る音がした。

「栄次郎さん、磯平親分が来ましたよ。ここに上げましょうか」

襖を開けて、お秋が言う。

「お客が来たらまずいでしょう」

お秋は逢引き客に部屋を貸しているのだ。

「そうね」

お秋は罰《ばつ》の悪そうな顔をした。

栄次郎は部屋を出て階下に行った。

「すみません。お邪魔して」

土間に立った磯平が詫びる。

「いえ、構いませんよ」

栄次郎は磯平といっしょに外に出た。

夕方のように暗くなっていたが、まだ雨は降りださなかった。

大川端に出てから、

「どうも妙ですね。あれから、ぱたっと動きが止《や》んでいます」

磯平が切り出した。

「ええ。やはり、犯人の狙いは又五郎、田之助、甂右衛門の三人だけだったのかもしれませんね」

「というと、公太と政吉の名を書いた理由はわれらの捜索の撹乱を狙ったということでしょうか」

「そうとしか考えられません。もし、そうだとしたら……」

栄次郎ははっと気がついた。

「なんですか」

「公太さんと政吉さんのことから我々は、重助の事件に目を向けました。もし、ふたりの名がなければ、重助の事件には目を向けなかったはずです」

「ええ。ということは、重助の件とは無関係ということですかえ」

「そういうことになります。犯人の狙いは又五郎、田之助、甃右衛門の三人だけ。そのことから別の動機が見えてくるかもしれません」

「お言葉を返すようですが、犯人からみて、公太と政吉の罪は三人より軽い。だから、このふたりはあえて殺そうとしない。そういうことも考えられるんじゃありませんか」

「いえ、重助には身内がいないのです。先日、政吉さんといっしょに重助さんのお墓に行きました。十年以上も、お参りをした形跡はありませんでした」

「………」

「重助のために復讐しようという人間はいないということです」

「じゃあ、どういうことで？」

「我々は何かを見落としているのです。何か勘違いをしているのに違いありません。ただし、犯人は重助の事件をよく知っています。だから、それを利用したのです」

栄次郎は確信した。

「もう一度、この三人について調べ直すのです。とくに、甑右衛門が信三と名乗っていた頃のことを」

「わかりました。調べ直してみます」

そう言い、磯平は引き揚げて行った。

お秋の家に戻りかけたとき、大粒の雨が降りだしてきた。

その夜、お秋の家で傘を借りて本郷の屋敷に帰宅したが、足元は汚れ、着物もだいぶ濡れていた。

台所で足を濯《すす》ぎ、部屋に入ってから着替え、落ち着いたとき、部屋の外から母の声が聞こえた。

「栄次郎。よろしいですか」

「どうぞ」

襖が開き、母が入って来た。

「最近、いろいろ出歩いているようですね。何をしているのですか」

「いえ、たいしたことではありません」

母の視線を受けとめて言う。

小言がはじまるかと警戒したが、母は文を差し出した。

「岩井さまからです」

「岩井さま……」

その内容に想像がついた。

文を受け取ったが、母は引き揚げようとしない。栄次郎が文を見ようとしないのを訝ったように、

「なぜ、すぐにお読みにならないのですか」

と、厳しい顔になった。

岩井文兵衛からの文の内容が気になるようだ。母は、文兵衛が最近悩みを抱えているらしいと兄から聞いていたようだ。

栄次郎は仕方なく母の前で文を開いた。

そこには、先日久し振りに会って楽しかったことが記され、明日の暮六つ（午後六時）に品物を届けることになった。その件で明後日の夜にまた会いたいと綴られてい

た。

「岩井さまは何と？」

母は気にした。

「なんでもありません。ただの礼状みたいなものです」

「見せていただいてよろしいか」

やはり、母は催促した。

「ええ、構いません」

栄次郎は文を渡した。

母は真剣な眼差しで文を読んだが、次第に表情が柔らかくなった。特別なことが記されていたわけではない。

だが、母は品物を届けるという箇所を気にした。

「品物とはなんですか」

「詳しくはわかりませんが、一橋家の若君に何か贈られるということで、私にもどんな品物がよいのかお訊ねになりました。その品物のことでしょう。それより、母上はどうしてお気になさっているのですか」

栄次郎は逆にきいた。

「いえ。なんでもありません。おやすみなさい」

母は逃げるように去って行った。

栄次郎が危険なことに首を突っ込んでいるのではないかと心配になったのであろう。この文からは、そのような危険は感じられなかったので、母は安心したようだ。

だが、ここに書かれている品物とは千両箱のことだ。明日の暮六つに、脅迫者の指示によって千両箱を向島の隅田川神社まで運ぶことになったのだ。おそらく、運ぶのは火盗改めの与力か同心であろう。

栄次郎は前もって隅田川神社に乗り込んでいようかと思ったが、火盗改めとて周辺に与力・同心たちを待機させているはずだ。

そこでいっきに犯人の一味を捕まえようとするはずだ。ひとりでも捕まえれば、あとは過酷な拷問で仲間のことをきき出す。火盗改めの手にかかったら、どんな人間も白状してしまうだろう。

栄次郎がのこのこ出かけても、火盗改めの目を掠《かす》めてでは十分な動きがとれない。

さて、どうするか思案した。そして、ふと妙手を思いついた。

四

雨は翌日の朝には上がっていた。

その日の夕暮れ、栄次郎は柳橋《やなぎばし》の船宿から釣り舟を出した。いっしょに乗り込んだのは新八だった。

「船頭さん、関屋《せきや》の里《さと》の辺りまでお願いします」

栄次郎は筋骨たくましい若い船頭に声をかけた。

「へい」

船頭は大川に出て、棹から櫓《ろ》に変えた。

新八には今朝、長屋を訪ねて事情を話し、手を貸してもらうことになったのである。

この船宿も、新八が懇意にしているところだった。

といっても、新八が船宿を利用していたのは、相模の大金持ちの息子と称していた頃のことだ。

吾妻橋をくぐると、左手に浅草寺の五重塔や待乳山聖天《まつちやましようでん》が間近に見えた。山谷と対岸の三囲神社《みめぐりじんじゃ》とを結ぶ竹屋《たけや》の渡《わた》しの船が横切って行く。

西陽が川面に反射してきらきら輝いている。右手前方に隅田川神社の屋根が見えてきた。

そこを過ぎると、やがて綾瀬川《あやせがわ》の河口に出る。その辺りが関屋の里で風光明媚な場所だ。栄次郎は綾瀬川の河口から少し離れたところで船をとめさせた。

「船頭さん。ここでいい」

「へい」

栄次郎と新八は釣り糸を垂れた。釣りを装いながら、見張るつもりだった。

敵はどうやって千両箱を受け取るつもりなのか。陸からとは思えない。やはり、敵も船だ。

一橋家の使いの船に、自分たちの船を横付けさせて金を奪う。そう考えるのが自然だ。辺りを見回すと、ぽつんぽつんと釣り舟が出ている。

ほんとうの釣り人もいるだろうが、火盗改めも船で見張っているに違いない。また、犯人が乗った船もすでにこの近くに来ているのかもしれない。

ゆっくり陽が沈んで行く。川面が暗くなってきた。今戸《いまど》や橋場《はしば》の料理屋に明かりが灯った。

「栄次郎さん、あの船」

綾瀬川からいっそうの川船が出てきた。乗っているのは暗くてわからないが、男がふたりだ。船は水神社のほうに曲がった。

「犯人でしょうか」

新八が小声できく。

「おや、そのまま行き過ぎますね」

船は吾妻橋のほうに向かった。だが、三囲神社の手前で止まった。

一橋家の家紋の入った提灯を船首に掲げた船が吾妻橋をくぐってきた。

「栄次郎さん。あれ」

「来ましたね」

栄次郎は緊張した。

一橋家の船が岸のほうに寄った。ゆっくり隅田川神社のほうに近付いて行く。栄次郎はおやっと思った。

一橋家の船の後ろから川船がついてきた。

「あの船、妙ですね」

一橋家の船を追尾しているようだ。船にふたりの男が乗っている。

一橋家の船は隅田川神社の前の桟橋についた。船をもやっている。武士が乗っていた。その船に、追尾してきた船が近付いた。

そのとき、少し離れたところで釣りをしていた船がゆっくり動きだし、隅田川神社に向かった。追尾してきた船を挟み打ちにするような様子だった。

「火盗改めだ」

栄次郎は思わず口にした。

追尾してきた船の男が何か叫びながら、一橋家の船に移された。あっという間のことだった。

三囲神社の近くで停泊していた船がゆっくり吾妻橋のほうに動きだした。

「やけにあっさりしていましたね」

新八が不思議そうに言う。

一橋家の船が桟橋を離れた。船上には武士を交えて五、六人の男の姿があった。その船に従うように、火盗改めが乗っていると思われる船がついて行く。

「船頭さん。すみません。あの船の一団のあとについて行ってください」

「へい」

船頭は船の向きを変えた。

船は波を切って進む。

吾妻橋をくぐり、一橋家の船は蔵前《くらまえ》の米蔵の前に差しかかった。

「おや、栄次郎さん。あの船、さっきの船ですぜ」

首尾《しゅび》の松《まつ》のそばから船が動きだした。一橋家の船のあとについて行く。

綾瀬川から出て来て、三囲神社の近くで停泊していた船だ。さっき吾妻橋のほうに向かったが、どうやら首尾の松の辺りで待ち伏せていたようだ。

「船頭さん。すみません。ちょっと速度を落としてください。それで、あの船のあとについていただけますか」

栄次郎は声をかけた。

「どの船ですね？」

「首尾の松の下から動いた船です」

「ああ、あれですね。わかりました」

船頭ともうひとりの男が乗っている。顔は暗くてわからない。

両国橋が近付き、一橋家の船は手前の神田川に入った。駿河台《するがだい》にある火盗改めの頭《かしら》の役宅に向かうのだろう。

あとに続いた小舟も神田川に入った。

首尾の松から動きはじめた船はそのまま両国橋をくぐった。栄次郎はその船を追った。犯人の仲間のような気がしてならない。取引の様子を窺っていたのだ。ひょっとしたら、敵の罠を予測していたのかもしれない。

「どうやら、気づかれたようです」

新八が前を行く船を見ながら行った。

急に船の速度が上がった。そして、京橋川のほうに向かった。

船が鉄砲洲稲荷の脇を過ぎ、稲荷橋のところにある桟橋で止まった。そこで、ひとりが下りた。

栄次郎は陸に上がった男を見た。着流しの男だが、顔はわからなかった。

栄次郎たちの船も稲荷橋脇の桟橋に着いた。新八が先に着いた船の船頭にきいた。

「すまねえな。お役の上できいてえんだ。どこの船なんだね」

新八はいかにも奉行所の手の者のように装った。

「木挽町《こびきちょう》の『巽屋《たつみや》』って船宿の者です」

若い船頭が不安そうに答えた。

「客はそこからのったのか」

「そうです」

「最初は綾瀬川まで行ったようだが？」

「へえ。お客さんの指示でした。それから、三囲神社のそばで止まり、そのあとは首尾の松のところで止まるようにと」

「客の名は？」

「覚次郎《かくじろう》さんです」

「どこの覚次郎だ？」

「わかりません。はじめてのお客さんでした」

「船の中で、いろいろ話をしたのか」

「いいえ、用件以外、何も言いません。妙な御方でした」

「いくつぐらいだ？」

「四十前後ってところでしょうか。堅気《かたぎ》ではないかもしれません」

新八が栄次郎の顔を見た。他に何かきくことがないかと確かめたのだ。栄次郎は目顔で頷いた。

「呼び止めてすまなかった」

「へい」

『巽屋』の船頭は棹を使って船を動かした。

「船頭さん。じゃあ、戻ってください」

栄次郎は柳橋の船宿に戻るように言った。

翌日の午後、栄次郎は吉右衛門師匠に稽古をつけてもらったが、何度か三味線の音が乱れ、師匠に注意された。

どうしても、きのうのことが頭から離れないのだ。あんなに犯人があっけなく捕まるとは思えないし、覚次郎という男のことも気になった。

さんざんの出来だった稽古を終え、栄次郎は深川の亀久町に向かった。

半刻（一時間）後、坪庭に面した部屋で、公太と差し向かいになった。

「公太さん。永代橋崩落事故の関係者で覚次郎という男がいたかどうかわかりませんか」

「覚次郎ですか」

公太は煙草盆を引き寄せたまま考え込んだ。

「四十前後です。当時は二十三前後」

「二十三ですか。さあ」

公太は首を傾げた。

「犠牲者にそんな男はいなかったように思いますが」

「そうですか」

「まあ、あっしが携《たずさ》わらなかっただけかもしれないので、犠牲者にそんな男はいなかったとはっきり言えませんが」

公太は慎重に答えた。

「あの事故の犠牲者とは直接事故に遭ったひとだけでなく、関係者もずいぶん処罰されたのですよね」

「そうです。一番責任が重いのは橋止めを命じた橋役人ですが、その橋役人に命じられて橋を通行止めにした橋番人たちも牢に入れられてしまいましたからね。ある意味では、その者たちだって犠牲者かもしれませんね。奉行所の人間は自分たちの考えでやったのでしょうか、橋番人たちは違いますからね。中には、橋止めなんて無茶だと反対した橋番人もいましたからね。でも、命令だから……」

公太の表情が変わった。

「矢内さん。覚次郎って男を思い出しました」

「えっ。いたのですか」

「ええ。あのとき、警護のために臨時に雇われた何人かの橋番人の中に確か覚次郎って男がいました。牢に入れられました」

「どのくらい入っていたのですか」

「数カ月だったと思いますが、出て来たときには好きな女が他の男に走ったあとだったり、その間に父親が病死したりと、不幸が襲いかかった。それから、覚次郎の人生は狂ってしまった」

「その後、どうしているか知りませんか」

「ええ、知りません」

「そうですか」

落胆したが、元橋番人の覚次郎が、きのうの船に乗っていた覚次郎と同一人物だという可能性がある。

「矢内さん。孝助の件といい、覚次郎の件といい、何かあるんですね。例の殺しに、ふたりが絡んでいると？」

「いえ、別件です。じつは火盗改めが動いている事件があり、それにちょっと関わりを持ったものですから」

「どんな事件かときいても教えてはもらえないでしょうね」

「そうですね」

迷ったが、公太は永代橋の事故の後始末に奔走《ほんそう》している。公太から貴重な意見が聞けるかもしれないと思い直した。

「公太さん。これから話すことはしばらく口外しないでいただけますか」

「もちろんです。あっしを信用して話してくれるのを裏切るような真似はしません」

公太は居住まいを正して答えた。

公太のかみさんは仕込の最中で店のほうに行きっぱなしだ。

「じつは一橋家に、孝助と名乗る男から脅迫状が届いたのです」

「一橋家に脅迫状？」

「そうです。事故の責任は一橋家にある。責任を感じているなら謝罪の意味で一千両を用意しろ。もし、払えぬのなら、今年の祭礼の日までのうちで大風の日に上屋敷と中屋敷に同時に火を放つと」

「なんと」

「ところが孝助は今は胸を患って寝込んでいました。同じ境遇の市次という男が面倒を見ていますが、このふたりは事件に絡んでいません」

「孝助は病気ですか」

「ええ、もういつ死んでもおかしくない状態でした」

「そうですかえ」

公太はしんみりした。

「で、一橋家では、このことを火盗改めに知らせました。そして、きのう金の受け渡しが行なわれたのですが……」

栄次郎はきのうの経緯を話した。

「その見張りの船に乗っていた男が覚次郎という名でした」

「そういうわけだったのですか」

公太は深い溜め息をついた。

「あの崩落事故が今になってまで影を落としているなんて……。やはり、犠牲者の怨念はいつまでも消えることはないんですかねえ」

「ええ。それだけの大惨事であり、人災だったということがよけいに恨みが消えない理由でしょう」

「ほんとうに人災でした。事故から二年後に橋が再建されているんです。金がないとか言って、危険な橋を放置してきた責任は重大です」

公太はやりきれないように言う。

「確かに一橋家の船が通るっていうんで橋止めにしたのは間違いでした。橋の上から高貴な方の船を見おろしてはならぬなんて言いますが、上から見られちゃまずいなら前の日の夜にでも通ればよかったんですよ」

「仰るとおりです」

栄次郎は頷いた。やはり、人びとが一橋家に恨みを向けるのも無理はない。そもそも、おかしいのは高貴な御方と庶民とを分けることだ。人間の値打ちとは無関係だ。そのような考えが存在すること自体が人災を引き起こしたと言わねばならない。

「矢内さまの前ですが、それにしても武士って奴は融通がきかないんですねえ」

公太が言う。

「何かありましたか」

「ええ、橋が崩れたことに気づかず押し寄せる群衆を押し返そうと、刀を抜いて振りかざしたお侍さんがいたことをご存じですか」

「ええ、そのためにみな驚いて引き返したということですよね。奉行所の同心だそうですね」

「ええ、そういうことになっていますが、実際は違うようですぜ」

「違う？」

「たまたま群衆の中にいたお侍さんがとっさに機転をきかして刀を抜いた。そしたら、斬り合いがはじまったというので群衆が驚いて後退《あとじさ》った。頭上にかざした刀が後ろのほうから見えるのでみな後ろに下がったんです。もし、それがなかったら、もっと犠牲者が増えていたでしょう」

「刀を抜いたのは奉行所の同心ではなかったのですか」

「最初に刀を抜いたのはどこかのご家中のお侍さまでした」

「…………」

「その場にいた同心は、ほんとうに斬り合いがはじまったと思って、取り押さえにかかっているんです。そのお侍さんは群衆を止めるためだと怒鳴りましたが、最初のうちは同心たちも意味がわからなかったようです。それで、お侍さんは大声で刀を振りまわして後ろの人間に見せろと騒いだってことです」

「しかし、そのお侍のことは何も伝わっていませんね」

奉行所の同心の手柄として伝わったが、その侍の話は初耳だった。

「ええ、奉行所のほうでそのようにしたからです。そして、最初に刀を抜いた侍はほんとうに斬り合いをするために抜いたことにされてしまったようです」

「まさか、そんなことがあるんですか」

「ええ、そうみたいですよ」

「でも、あの大混乱の中でいったい誰がそのことを目撃していたのですか」

「橋番人ですよ。あっ」

公太が突然叫んだ。

「覚次郎ですよ。そのことを言い立てたのは覚次郎です。最初に刀を抜いたお武家さんは斬り合いのためじゃないって訴えたんです。でも、誰も覚次郎の言うことは信用しなかったようです」

「そのお侍の名前はわかりますか」

「いえ、名前まではわかりません」

「その後、お侍はどうなったんでしょうね」

「さあ、どうなったんでしょうか」

栄次郎は、南小田原町の左門次店に住む横道丹三郎という浪人を思い出していた。

丹三郎が浪人になったのは二十年近く前だという。

隣り同士に住んでいた市次は崩落事故の犠牲者の遺児だった。そこに訪ねてくる孝助も同じだ。

しかし、丹三郎は市次と孝助が崩落事故の犠牲者の遺児だったことは知らなかったはずだ。市次はそういう話を誰にもしていなかったという。もちろん、丹三郎にもだ。

しかし、孝助は賭場で知り合った男とその話をしたらしい。その男の名前はわからないが、もし覚次郎だとしたら……。

まず、最初に刀を抜いたという侍の正体を知ることだ。

公太の家を出てから両国橋を渡って薬研堀に着いたときはまだ陽が落ちきれていなかった。

少し早すぎたと思ったが、文兵衛はすでに来ていた。

女将に座を外すように言い、ふたりきりになってから、

「じつは火盗改め役宅に寄ってから来たのでな」

と、文兵衛は切り出した。

「捕まえた男はいかがでしたか」

「まさか、栄次郎どのは現場に……？」

「はい。釣り人を装い、一部始終を見ていました」

「そうか」

「で、いかがでしたか」

「捕まえた男は佃島の漁師だった」

「佃島の漁師？　どういうことでございますか」

栄次郎は悪い想像が当たったような気がした。

「四十ぐらいの男から、隅田川神社の桟橋近くにもやってある船から品物を受け取ってほしいと一両で頼まれたそうだ」

「やはり、そうですか」

「やはりとは、そんな予感がしていたのか」

「素直に一千両を寄越すとは思っていなかったはずです。きのうのことは敵が探りを入れるためだったと思います。じつは、別にもう一艘、怪しい船がいました。おそらく、様子を見ていたのだと思います」

「うむ。きょう、さっそく犯人から文が届いた」

「そうですか。で、なんと？」

「火盗改めが捕まえた男は佃島の漁師だ。俺たちが頼んだのだと書いてあった。そして、今度は二千両だと言ってきた」

「二千両？」

「火盗改めに知らせた罰だそうだ」

「で、次の受け渡しはいつですか」

「明日の夜、同じ場所だ」

「隅田川神社ですか」

「そこに同じように船で二千両を運んで来いという。また、金で雇った漁師が受け取りに行くという」

「きのうの漁師は受け取った品物をどこまで運ぶように指示されていたのですか」

「火盗改めの与力から受けた報告では、自分の家に運ぶように言われたそうだ」

「漁師の家ですか」

「そうだ。そこで保管しておくように命じられたのだ」

「では、明日も同じような手を使うつもりなのでしょうか」

「そうかもしれぬ。今度捕まえても、同じ結果になる。だから、火盗改めは今度は船を尾行するという」

「また、火盗改めに金を運ばせるのですか」

「うむ。今度は火盗改めも慎重にやると言っている。それに、今度は捕まえないので、相手に悟られる恐れはないだろう」

「そうですね」

栄次郎はなんとなく腑に落ちなかった。当然、相手は金を受け取った船を尾行してくると読んでいるだろう。それでも、あえて船での受け渡しを選ぶのだろうか。

「何か」

「なぜ、同じ手段を選んだのかが気になります。ひょっとして、どこか途中で……」

しかし、陸路からも火盗改めは追跡していくだろう。どこかに船をつけたとしても、その目をかいくぐって、どこに金を運ぶのか。

栄次郎には見当がつかなかった。

「まさか」

栄次郎にある考えが過《よぎ》った。

「また、同じ結果に導き、金の値をつり上げようとしているのかもしれません。つまり、三千両……」

「うむ」

「少なくとも敵は火盗改めが出張《でば》っていることに気づいていたのです。素直に金を受け取れるとは思っていなかったはずです」

まてよと、栄次郎は考えを踏みとどまった。

なぜ、敵は火盗改めが出てくることを知っていたのか。そうだ、そもそも脅迫状に孝助の名を記していること自体、妙だ。それも永代橋崩落事故の遺児だと書いてあった。

当然、一橋家が孝助のことを調べるという計算を立てていたに違いない。

改めて、横道丹三郎の存在が大きくなった。火盗改めは孝助のことを調べるために、横道丹三郎に接触している。

もし、横道丹三郎が犯人なら一橋家側の動きはすべて見通されていることになる。

「どうしたな？」

文兵衛が気にした。

「御前。脅迫状にあった孝助は今、重い病で臥せっています。したがって、脅迫状を出したのは孝助ではありません」

「なに、孝助ではない？　火盗改めは孝助の行方をまだ追っているようだ」

「残念ながら、見当違いにございます」

「犯人に何か心当たりがおありか」

「はい。まだ、証拠はないので、はっきりと言い切れませんが、おそらくあの者であろうと思っています」

「誰だ？」

「確かめるまで、もう少しお待ちください。御前、今宵はこれで」

「わかった。また明後日、お会いしよう。そう、昼までに『久もと』に行く」

「はい。では」

栄次郎は一礼して立ち上がった。

栄次郎は『久もと』を出て、浅草黒船町に向かった。

途中で、暮六つ（午後六時）の鐘が鳴りだした。崎田孫兵衛が来ていることを祈りながら、お秋の家に駆け込んだ。

「まあ、栄次郎さん。こんな時間に珍しいわ。さあ、お上がりになって」

出て来たお秋が言う。

「崎田さまはいらっしゃってますか」

「ええ、お見えです」

「よかった」

栄次郎は奥の居間に向かった。

「おう。栄次郎どのか。ちょうどよかった。今、はじめたところだ」

盃を片手に、孫兵衛は鷹揚《おうよう》に言う。

「崎田さま。お調べ願いたいことがございます」

「なんだ、そんな怖い顔をして」

「永代橋崩落事故の際、同心が刀を抜いて群衆を退かせたということがございましたね」

「うむ。そうだ。あとからあとから詰めかける群衆を押し返すに大いに功があった。あれがなければ、もっと犠牲者は増えていたかもしれない」

「しかし、最初に刀を抜いたのは同心ではなく、あるご家中の武士だったと耳にしました。それはまことのことでしょうか」

「うむ」

孫兵衛は気難しい顔をした。

「孫兵衛さま。いかがでしょうか」

「栄次郎どの。それが何か」

「はい。じつはそのときの武士だったらしい浪人と出会いました。そのことを確かめたいのです」

「うむ」

また、孫兵衛は唸った。

酒を喉に流し込んでから、孫兵衛は口を開いた。

「そのとおりだ。その場に居合わせた人間の証言を寄せ集めると、最初に刀を抜いたのは武士だ。同心に向かって刀を抜けと叫んでいたそうだ」

「やはり、そうでしたか」

覚次郎の言うとおりだった。

「橋止めにしたのは奉行所の判断だ。そのことが大惨事につながった可能性は否定できなかった。奉行所の失態を少しでも軽くしようと、刀を抜いて群衆を押し返したのは奉行所の人間がやったのだということにしてしまったらしい」

「では、最初に刀を抜いたお侍は?」

「群衆の中で押し合いへし合いをし、足を踏んだ踏まないと他の人間と喧嘩になっていきなり白刃を抜いたということにされた」

「なんということを」

「まさか、そのことで、藩をやめさせられるとは思わなかったそうだ。藩としては、体面を保つためにもそのような不届きな家臣はいらないということになったのだ。奉行所もかなり混乱していて、世間の批判を少しでもかわそうと躍起になっていた。未《み》曾《ぞ》有《う》の大惨事にみな正常な気持ちではなくなっていたのだ」

孫兵衛は当時を述懐した。

「そのお侍の名はわかりませんか」

「名か。ずいぶん、昔のことだからな」

孫兵衛は首をひねった。

「思い出せぬ」

「どこの藩かは？」

「筑後《ちくご》のほうの藩だ」

「筑後？」

「だが、奉行所に、その記録が残っているはずだ」

「ほんとうですか」

「うむ。見た記憶がある」

「ぜひ、お調べくださいませぬか」

栄次郎は身を乗り出した。

「なんだかわからぬが、明日調べて知らせよう」

「出来ましたら昼までに」

「昼までか。いいだろう。この家に使いを出そう」

「ありがとうございます」

「その代わりと言ってはなんだが、例の連続殺人のほうの解決に力を貸してもらいたい。定町廻り同心もまったくお手上げの状態だ」

「わかりました。私にとってもまったく関係のない事件ではありません。あの事件に何か大きな見落としがあるのです」

見落としや勘違いがあるのだ。そのことは事件を冷静に振り返れば気がつくはずだ。栄次郎はもどかしさを感じているが、必ず見つかる。そう思っている。

重助の復讐からの犯行ではないが、犯人は重助の事件を利用した。つまり、重助が関わった押込み事件を知っているのだ。

あの押込み事件も考えてみれば妙だ。金を盗みに入った犯人は奉公人の善吉に見つかった。それで、善吉を殺し、十両を盗んだだけで逃走した。

その十両が重助の住まいの竈の下から見つかった。なぜ、犯人はそのようなことをしたのか。重助に罪をなすりつけなければ自分が疑われてしまうからだろうが、そのためにせっかく手に入れた十両を手放してしまった。押し入った意味がなくなってしまう。

そう思ったとき、何かが脳裏を掠めた。栄次郎はそのことを一心に考えた。孫兵衛は不思議そうな目で見ていた。

第四章　崩落事故

一

翌日の朝、栄次郎は明神下の長屋に新八を訪ね、今夜の金の受け渡しのことを話した。それから、お秋の家に向かった。

昼過ぎ、栄次郎はお秋の家で、孫兵衛からの文を受け取った。

永代橋で刀を抜いたのは、秋月《あきづき》藩の横井端一郎《よこいたんいちろう》という武士だと記されていた。その後、藩は横井端一郎を群衆の中で刀を抜いた不届きのかどにより藩から追放したと書かれてあった。

横井端一郎と横道丹三郎。似ている。両者は同一人物のような気がする。臨時の橋番人だった覚次郎とつるんでいるのだ。

梯子段を上がってくる足音がした。

「栄次郎さん。また、磯平親分がいらっしゃいましたよ」

「わかりました」

栄次郎は下りて行く。

「矢内さま。お呼びだそうで」

「ええ」

ゆうべ、孫兵衛に手札を与えている同心を通して言伝てを頼んだのだ。

「出ましょう」

栄次郎は磯平といっしょに大川端に出た。

「じつはちょっと気づいたことがあったのです」

川辺に立ち止まり、栄次郎は切り出した。

「『河内屋』の押込みのことです。又五郎は盗みの現場を見つけられて、奉公人の善吉を殺したということでした」

「ええ。それで十両だけ奪って逃げた」

「そのことですが、ほんとうに金が目当てだったんでしょうか」

「えっ、他に目的があるというのですか」

磯平が不思議そうな顔をした。

「なぜ、せっかく盗んだ十両を重助の住まいに隠したのでしょうか」

「重助を罪に陥れるためではないんですか」

「重助はひとに恨まれるような男ではなかった。又五郎、あるいは田之助が重助を貶めようとする理由がありません」

「ええ。ですから、自分が疑われそうになって、あわてて重助を生贄《いけにえ》にしたのではありませんか。だって、犯行後、又五郎は政吉とすれ違っているんです」

「そうですね」

確かに、政吉は『河内屋』の近くで又五郎とすれ違っている。

「でも、十両を出してしまったら、押し込んだ意味がなくなってしまいます。又五郎にとっては骨折り損の草臥《くたびれ》儲けです」

「確かに」

「一両でも二両でも、なぜ自分のものにしようとしなかったのか」

「そうですね」

「つまり、又五郎の目的は金ではなく、奉公人の善吉を殺すことではなかったのか。そんな気がしたのです」

「なんですって。善吉を殺すことですって」

「そうです。最初から押込みに殺されたとばかり思っていましたが、善吉殺しが目的だったら、事件の様相は変わったものになります」

「ええ」

「そこで、念のために、殺された善吉さんのことを調べてみてはいかがでしょう。『河内屋』の内儀さんにきけば、善吉さんのこともわかるでしょう」

「そうですね。わかりました。じゃあ、さっそく行ってみます。夕方までにここにお伺いします」

「お願いいたします。私はちょっと出かけますが、夕方までには戻っていますから」

「わかりやした」

磯平が去ってから、栄次郎はいったんお秋の家に戻った。

それからしばらくして、夕方にまた戻ると断ってから、栄次郎はお秋の家を出た。

お秋は不安そうに栄次郎を見送った。磯平が何度も訪ねて来たり、孫兵衛と深刻そうに話し込んだり、不規則な時間に家を出入りしたりと、最近の栄次郎の行動に不審を持つのは無理もない。

栄次郎は鉄砲洲稲荷の鳥居の前で、新八と待ち合わせていた。

栄次郎が鳥居の前に立つと、小間物屋の格好で、新八が近付いて来た。

「では、行きましょうか」

栄次郎は新八とともに南小田原町に向かった。

左門次店に近付き、新八は栄次郎から離れた。栄次郎は長屋木戸をくぐった。奥から二番目の丹三郎の住まいの前に立ったが、幟はなかった。

仕事に出ているのかもしれない。ちょうど向かいの部屋から出て来た年寄りに、仕事をしている場所をきくと、木挽橋の袂だと教えてくれた。

栄次郎は長屋を出た。

「木挽橋の袂で、商売をしているそうです」

新八に声をかけ、栄次郎は本願寺橋を渡った。西本願寺の表門の前を過ぎたとき、前方から幟と折り畳みの台を持って歩いて来る浪人を見た。横道丹三郎だ。

丹三郎も栄次郎に気づいたようだった。

「横道さま」

栄次郎は近付いて行き、声をかけた。

「ご商売は？」

「きょうは上がったりで、早々と引き揚げて来た」

「そうですか。長屋にお訪ねしたら、商売に出ているというので来てみたのです」

「何か御用か。では、あそこに」

西本願寺の土塀の近くに向かった。立ち木のそばに、丹三郎は荷をおろした。どこかから、新八は見ているはずだが、栄次郎の視界に新八の姿はなかった。

「おかげで、市次さんと孝助さんに会うことが出来ました」

「三ノ輪まで行かれたのか」

「はい。ただ、孝助さんは明日をも知れぬ身となっておりました」

「うむ。やはり、病は進んでいたか」

「はい」

「ところで、そのことをわざわざ知らせに来たわけではあるまい。何か」

「じつは孝助さんは賭場で、永代橋の崩落事故に関わりのある男と知り合ったらしいのです」

「そういう偶然もあろう。で、なぜ、わしに？」

「その男の名前をご存じないかと思いまして」

「わしが知るわけはない。まさか、易で当てろというわけではあるまい」

「ぜひ、そう願いたいものです」

「名前もわからぬのでは探しようはないな」

「名前はわかっています」

「ほう、わかっている?」

丹三郎の目が鈍く光った。

「はい。覚次郎という男です」

「……………」

「覚次郎は事故のとき、臨時の橋番人をしていたそうです。奉行所同心の命令に従って縄を張り、通行止めにしただけなのに、牢に放り込まれたのです」

「それはまた……」

丹三郎は何かに思いを巡らせるように目を細めた。

「横道さまは永代橋の事故の際、どちらにいらっしゃったのですか」

「わしは祭には興味がないので、まったく別の場所にいた」

「そうですか。そうそう。橋が崩落したことに群衆は気づかずにどんどん押し寄せた。それで同心が刀を抜いて押し返したそうです」

「……………」

「ところが、最初に刀を抜いたのはどこかのご家中の武士で、同心たちに向かって頻《しき》りに刀を抜けと叫んでいたそうです」

丹三郎の表情が厳しいものになった。

「その話をしたのが覚次郎です。同心が自らの考えで刀を抜いて危険を救ったとされたが、ほんとうはどこかのご家中の武士が最初にやったのだと」

「役人はずるいな」

「そうです。橋止めしたことが事故を大きくしたという批判を少しでもかわすために同心が先頭を切ってやったと、今では筆頭与力が認めております」

「今さら認められても仕方ないだろう」

「はい。そのとおりです。ところで、横道さまはどこの藩にお仕えでしたか」

「思い出したくないのだ」

「そうでしょうね。すみません。突然、押しかけてすみませんでした」

「そなたは」

丹三郎は何かいいかけた。

「いや、いい」

丹三郎は何を言いたかったのだろうか。栄次郎が何者かをききたかったのか。

「では、失礼いたします」

栄次郎は木挽橋のほうに向かって歩きだした。背中に、丹三郎の視線を感じた。あとは新八に任せるだけだ。

栄次郎はお秋の家に戻った。

お秋の家の二階の窓から大川を眺める。西陽を照り返し、川面がきらきら輝いていた。

その輝きもだんだん消えて、部屋の中が薄暗くなってきた。お秋が行灯に灯を入れにやって来た。

「栄次郎さん。いったい、何をなさっているのですか」

灯を入れてから、お秋が栄次郎のそばに寄った。

「いえ、たいしたことではありませんよ」

「危険なことではないのですね」

「ええ、そんな心配はありません」

「それならいいんですけど。最近、あまり三味線を弾いていないでしょう。うちの旦那にきいてもはっきり言わないし」

「崎田さまは直接関係していませんから」

「そうですか」

「それより、もう少ししたら出ます」

「そう。気をつけてね」

「わかりました」

お秋が出て行ったあと。栄次郎は両国のほうから舳先《へさき》に提灯をかざした船がやって来るのがわかった。

栄次郎は部屋を出た。

近くの駒形堂《こまがたどう》まで行く。そこに頼んだあった猪牙舟が来ていた。きのうの船頭だ。

栄次郎は船に乗り込む。

「じゃあ、橋場にほうに行ってください」

「わかりました」

船頭は棹でついて船を岸から離した。

すぐ船は吾妻橋をくぐった。山谷堀に近付く。この辺りから大川は左に迂回する。

真正面に隅田川神社の大屋根が見えた。

辺りは暗くなってきた。目を凝らすと、一橋家の船に小舟が近付いて行くのがわかった。周辺には何艘かの釣り舟が浮かんでいる。火盗改めか、あるいは犯人側の人間が乗っているのかどうかわからない。

だが、きょうは火盗改めも手出しが出来ない。千両箱が小舟に移されたようだ。

栄次郎は小舟の特徴を覚えた。

「船頭さん。戻ってください」

「へい」

船頭は船の向きを変えた。

永代橋まで先回りをするのだ。暮六つの鐘が鳴り終えた。

栄次郎の乗った猪牙舟は快適に波を切って永代橋までやって来た。そこで船を止めた。ふと、橋詰めを見て、あっと思った。馬が待機していた。侍が乗っている。火盗改めの与力だ。

上流の船が見えてきた。覚次郎が下りた鉄砲洲稲荷の脇で船を止める可能性がある。そこで千両箱を下ろし、駕籠か大八車で運ぶのかもしれない。火盗改めはどう出るのか。陸で荷を運ぶ者を捕らえるのか。

やがて、小舟が永代橋をくぐり、きのうと同じ鉄砲洲稲荷のほうに向かった。そのあとをついていく船は火盗改めのようだ。

船は思ったとおり、鉄砲洲稲荷に向かった。そして、稲荷橋の袂にある桟橋に船をつけた。

栄次郎は船の上から様子を見る。駕籠が現れた。やがて、船から千両箱を駕籠に積むのがわかった。

駕籠が出発した。京橋川べりを京橋方面に向かった。すぐに騎馬の与力が駕籠のあとについて行く。遅れて接岸した火盗改めの船から同心が桟橋に下り立ち、金を運んだ船の船頭を捕まえた。

栄次郎は何か一昨日の再現のような気がしていた。駕籠は尾行されている。必ず、火盗改めに捕まる。金は手に入らない。犯人がこのような芸がないやり方を選んだことが不思議だ。

横道丹三郎が犯人ならこんな稚拙なやり方をしないのではないか。

何かおかしい。

「駒形堂まで戻ってください」

栄次郎は船頭に声をかけた。

駒形堂の桟橋からお秋の家に行く。

二階の部屋ですでに新八が待っていた。

「栄次郎さん。やはり、横道丹三郎が動きました。丹三郎は深川の海福寺《かいふくじ》に入って行きました」

「海福寺は永代橋崩落事故の犠牲者を弔《とむら》った寺ですね」

「そうです。それから、丹三郎は途中で頭巾をかぶりました」

「頭巾？　顔を隠したのですね」

「そうだと思います。頭巾のまま境内に入って行き、しばらくしてから、壮年の武士
と中間《ちゅうげん》ふうの男が山門を出て来ました」

「丹三郎と会ったのかもしれませんね」

「ええ、おそらく」

「丹三郎はどうしました？」

「ひとりで出て来て、また永代橋を渡って南小田原町に引き揚げました」

「ひとりで？」

「そうです」

「荷物は？」

「持っていません」

「他に仲間がいませんでしたか」

「もしかしたら、丹三郎のあとから出て来たのかもしれません。迂闊でした」

「いや。それで十分です。金の受け渡しが行なわれたのです。きょうの船の取引は火盗改めを引き付けるためのおとりだったのでしょう」

やはり、丹三郎は用意周到だった。

丹三郎はひそかに一橋家の家老と接触し、取引をしていたのだ。

しかし、文兵衛はこのことを知らなかったのだろうか。知っていたら、栄次郎に告げるはずだ。

「まんまとやられましたね」

新八が口惜しそうに言う。

「でも、新八さんのおかげで横道丹三郎の仕業だとわかりました」

「これからどうしますか」

「まず、岩井文兵衛さまから事情をお聞きし、それから丹三郎と対峙《たいじ》しようと思います」

「そうですか。わかりました。あっしで、お役に立てることがあればなんなりと仰ってください」

新八は言う。

梯子段を上がる足音がして、お秋が顔を出した。

「夕餉、まだなのでしょう。支度が出来ましたからどうぞ」

「お秋さん、ありがとう。新八さん、ご馳走になりましょう」

「崎田さまは？」

新八が尻込みしてきく。

「今夜は来ていませんよ」

お秋が答える。

「そうですか。では、ご馳走に。どうも、あの御方は苦手でして」

新八は苦笑した。

夕餉を馳走になり、栄次郎は新八とふたりで帰途についた。上野新黒門町から湯島天神裏門坂道に入る。

途中、明神下に曲がる角に来て、

「では、あっしはここで」

と、新八が言う。

「きょうは助かりました」

「とんでもないことで。じゃあ、失礼します」

新八は角を曲がって行った。

新八の後ろ姿を見送ってから、栄次郎は裏門坂道をさらに先に行こうとして、ふいに又五郎殺しの下手人と出会ったときのことを思い出した。

手拭いを頭からかぶり、着物を尻端折りした男だった。その男も今の角を曲がって行ったのだ。

しかし、男は上野新黒門町で目撃されていた。つまり、最初は明神下のほうの道に曲がるつもりではなかった。ただ、栄次郎とすれ違うのを避けただけなのだ。

あの当時、さして深く考えなかったが、ひととすれ違うのを避けたのではなく、栄次郎とすれ違うことを避けたのではないか。

途中、別の人間ともすれ違っていたはずだし、辻番所の前を通っているので、番人に姿は見られているのだ。

だったら、栄次郎とすれ違っても何ら弊害はなかったはずではないか。それなのに、なぜ栄次郎を避けたのか。

考えられることはただひとつ。栄次郎が知っている人間だったからではないのか。

しかし、自分のまわりにそんな人間がいるだろうか。

そう思ったとき、ふいにある男の顔が脳裏を掠め、栄次郎は慄然《りつぜん》とした。

二

翌日の昼に、栄次郎は薬研堀の『久もと』に行った。文兵衛はまだ来ていなかった。

一橋家まで行き、きのうの報告を受けているのだろう。だが、文兵衛は海福寺での取引を知らされていなかったのではないか。

秘密裏に行なった取引についての説明を受けているのに違いない。そのことで時間が長引いているのだと推察された。

いったい、一橋家の家老は火盗改めに依頼しておきながら、どうして陰で取引をしてしまったのか。

よほどの何かがあったのだろうか。

一刻（二時間）近く待たされて、ようやく文兵衛がやって来た。

また、人払いをして、ふたりきりになった。

「御前。一橋家は秘密裏にお金を渡したのではありませぬか」

栄次郎は切り込んだ。

文兵衛は啞然として、

「どうして、それを？」

「やはり、そうでしたか」

「犯人に心当たりがあると言っていたが、やはりその者が？」

「はい。深川の海福寺で、家老ふうの武士と落ち合ったようでした」

「そうだ。海福寺まで一千両を届けたらしい」

「火盗改めのほうはどうだったのですか」

「鉄砲洲稲荷のそばで船の千両箱を駕籠に乗せて、新両替町《しんりょうがえちょう》一丁目にある『駕籠六』という駕籠屋まで運んだ。やはり、駕籠屋も頼まれただけだった。犯人は誰も現れなかったということだ」

「火盗改めには、取引が済んだことを伝えたのですか」

「いや、黙っているそうだ」

「火盗改めに隠し通すのですか」

「火盗改めの面子《メンツ》を潰すことになってしまうし、これ以上、ことを荒らげたくないということだ」

「そうですか。それにしても。なぜ一橋家は陰の取引に応じたのですか」

栄次郎は疑問を口にした。

「わしに隠していたが、きのうの朝に犯人が屋敷に家老を訪ねてきたそうだ」

「犯人が？」

「頭巾をかぶった浪人体《てい》の男だ。その者が家老にこう言った。火盗改めに告げたことは許せない。取引を中止する。したがって、風の強い日に火を放つ。上屋敷、中屋敷の女中や下男・下女などの奉公人の中に仲間を紛《まぎ》らわせてある。その仲間が合図とともに火を放つであろうと言った」

「奉公人の中に仲間が？」

「この日のために、以前から崩落事故の遺児を『一橋家』に住み込ませていたということだ。ほんとうかどうかわからない。だが、はったりだとも言い切れぬ。家老が狼狽していると、さらに男が言ったのだ。火盗改めを無視して取引に応じるなら一千両でいいと言ってきた。それで、家老も気持ちが動いてしまったのだ」

「それで、相手の要求を吞むしかないと判断したのですね」

「うむ。隅田川神社での取引が火盗改めによって不調に終わったあと、犯人から即座に新たな文が届き、二千両に値をつり上げてきた。対応に苦慮しているときに、犯人の頭目らしい男が現れ、新たな条件を出す。金額は一千両でいい。そして、その金は永代橋崩落事故の犠牲者の供養のために使うという。そのあたりの駆け引きは、犯人のほうがはるかに上だ」

「どうして、御前にも知らせなかったのでしょうか」

栄次郎は疑問を口にした。

「取引に応じることに反対するとでも思ったのかもしれない」

「一橋家としては犯人をどうするつもりですか」

「犯人は今後一切このような真似はしないと約束したようだ。事故の犠牲者の供養のために使うと言われれば一橋家にも負い目があるので無下《むげ》には拒めない。一千両は仕方ないと思ったようだ。だが、これで済むとは限らぬ。また、いつか脅迫がはじまるやもしれぬ。それに、もし、奉公人の中に仲間が紛れ込んでいるとしたら、危険分子をそのまま飼い続けていくことになる」

「そうですね」

「やはり、犯人は捕らえねばならぬ。仮に、犠牲者の供養のために犯人があの金をすべて寺に寄進したとしても、だ。どんな高邁《こうまい》な理由があろうと不法な行為を許しておくことは断じて出来ぬ。栄次郎どの。犯人に心当たりがあるのなら、ぜひ捕まえるように手を貸していただきたい」

「御前。もし、犯人は改心し、金を返すとなったら、その罪をいかがいたしますか」

「うむ？」

「私は頭目と思われる男に会っています。確かに、一橋家を恨んでおりますが、決して、悪い人間ではありません。どうか、改心したなら、格別のご配慮を」

「わかった」

「安堵いたしました。では、さっそくその者に会ってまいります。あとで、結果をお知らせいたしますが、いかがいたしましょうか」

「そうだの。わしはこのあと、駿河台の火盗改めの役宅に行かねばならない。夕方、もう一度、ここにもどって来よう」

「では、私もここに参ります」

「うむ、栄次郎どの。頼んだ」

文兵衛は頭を下げた。


『久もと』を出てから、栄次郎は南小田原町に向かった。

左門次店の長屋木戸をくぐり、奥から二番目の丹三郎の住まいの前に立った。幟が立てかけてあった。

栄次郎は腰高障子を開けた。

丹三郎は小机に向かって書き物をしていた。戸の開く音で、丹三郎は顔を向けた。

「おや、いらっしゃいましたな」

丹三郎はにやりと笑った。

「私がやって来ることがわかっていたようですね」

「さよう。わかっていました」

丹三郎は筆を置いて立ち上がった。

「ここでは話が出来ぬ。外に出よう」

丹三郎は刀を摑んで土間に下りた。

栄次郎は先に外に出た。丹三郎が出てきた。

「行きましょう」

丹三郎が声をかけた。

栄次郎はいっしょに木戸のほうに向かった。長屋の女房に声をかけられ、丹三郎は軽口で返した。

木戸を出てから、堀に出た。対岸に西本願寺の長い塀が続いており、境内の松の枝が塀を乗り越えていた。

丹三郎は立ちどまり、対岸の西本願寺に目をやり、

「きょうは清々《すがすが》しい陽気だ」

と、つぶやいた。

「一仕事を終えたすがすがしさですか」

丹三郎はにやりと笑った。

「矢内どのは何か誤解をしているようだが」

「誤解ではありません。ゆうべ、海福寺で、一橋家のご家老にお会いなさいましたね」

「そうか。つけていたのは矢内どのの手の者であったか」

「お気づきでしたか」

「うむ。機を見てとらえようとしたが、その隙を見せなかった。たいした手の者だ」

「恐れ入ります。それより、横道さまはどうして否定しなかったのですか。会っていないととぼけられたら、こちらは証拠があるわけではないので、それ以上は追及出来ませんでした」

「矢内どのは私の素性もご存じのようだ」

「はい。元秋月藩士の横井端一郎さま」

「きのう、橋の上で刀を抜いた侍の話をしだしたとき、矢内どのは私のことを知っていると悟った。だが、矢内どのから敵意のようなものを感じなかったので、そのままにしておいたのだ」

「では、横道さまは一橋家から一千両を奪ったことをお認めになられるのですね」

「認めよう」

「元橋番人の覚次郎も仲間ですね」

「そう、そなたの推測どおりだ。だが、孝助と覚次郎が賭場で知り合ったというのは正しくない」

「と仰いますと？」

「すべては、去年の八月十九日だ」

「去年？」

「事故から丸十六年。ちょうど、犠牲者の十七回忌だ。その法要が海福寺などで催された。もちろん、わしは関係ないので行かなかった。覚次郎ははじめて十七回忌の大法要に参加したそうだ。その法要で覚次郎は孝助を見かけたらしい。それからしばらくして、賭場で孝助に出会った。それで、声をかけたということだ」

「なるほど。そういうことですか」

「わしが覚次郎と出会ったのは今年の春先だ。木挽橋の袂で易をしているとわしのことをじっと見つめている遊び人ふうの男がいた。その男が覚次郎だった。覚次郎が、あのときのお侍さまですねと声をかけてきた」

丹三郎はふいに辛そうな表情になって、

「覚次郎によって、せっかく忘れていた昔のことを思い出してしまった。わしが刀を抜いたとき、そばにいた橋番人だったのが覚次郎だ」

丹三郎は吐息をつき、

「あのとき、雪崩のように押しかける群衆を押しとどめるには後ろのほうに危険を知らせねばならぬと思った。だから、とっさに刀を抜いた。近付くと、斬るぞと叫び、近くにいた同心にも刀を抜けと叫んだ。最初は意味がわからなかったようだが、やっと気づいて、同心たちも刀を抜いて群衆を押し返した」

「はい。見事な機転だったと感服しました」

栄次郎は素直に称賛した。

「だが、わしが刀を抜いたのは狼藉《ろうぜき》ということにされた。後ろから押してきた町人に腹を立てて刀を抜いて威したとな」

丹三郎は無念そうに言う。

「誰がそんなことを言い出したのかわからぬ。ただ、覚次郎だけはほんとうのことを訴えてくれた」

「お屋敷のほうでは信じてくれなかったのですか」

「奉行所からの報告を真《ま》に受け、わしを藩から追放すると決定した。それから、浪々の身だ。いつかわかってくれる。誤解が解け、帰参が叶う。藩のお偉いさんもそう言ってくれた。だが、ついにそのような日はこなかった」

「ひどい話です」

栄次郎は呆れた。

「わしは事故のことは忘れようとした。いや、もう忘れていた。隣りに住む市次をときたま訪ねてくる孝助が崩落事故の遺児だということは知らなかった。そのことを知ったのも、覚次郎と出会ってからだ」

丹三郎は息継ぎをした。

「覚次郎も臨時の橋番人になったためにひどいめに遭った。橋の通行止めも、同心に命じられて仕方なくしたことだ。それなのに、罪に問われ、入牢させられた。だが、それも他の橋番人より重かった。それは、わしのことを話したからだ。刀を抜いたのは同心の機転だという話に逆らったことが奉行所の逆鱗《げきりん》に触れたというわけだ」

「……」

「覚次郎もその後は辛い暮らしをしてきた。好きな女子が遊女屋に売られたそうだ。金を貯めて身請けをしてやりたいと言っていた。あの事故の関係者が惨めな暮らしをしていることを知り、橋止めをした奉行所への怒りが蘇り、そしてその元凶である一橋家にも憤りが隠せなくなった」

「お気持ち、よくわかります。でも」

栄次郎ははっきり言った。

「こういうやり方は間違っています」

「誰も傷つけてはいない」

「そうでしょうか。もし、一橋家が金の支払いを拒絶したらどうするつもりでしたか。ほんとうに火を放つつもりだったのですか」

「必ず、金を出すと思っていた。一橋家には大きな負い目があったはずだからな」

「その保証はありません。もし、火を放ったら、永代橋崩落事故の比ではない大惨事になったはずです。その責任は一橋家が負うものではありません。すべて、あなた方の責任です。永代橋崩落事故よりさらに過酷な状況を強いることになるでしょう。その覚悟があっての犯行だったのではありませんか」

「いや。我らに火付けは出来ない。一橋家の奉公人の仲間がいると威したが、ほんとうはいないのだ。だから、屋敷内から火を付けることは無理だ」
「誰が信じましょうか」
「うむ？」
「一橋家が威しに屈したのは奉公人の中に仲間がいるのを信じたからではありません
か。今後、いつその仲間がまたぞろ何かを企てないとも限らない。一橋家ではそう思
うでしょう」
「……………」
「一橋家は今後どうするでしょうか。奉公人の中から崩落事故に関係した者を調べ上
げますか。それは無理だと思います。調べ上げられません。では、どうするか。今の
奉公人を全員解雇し、新たに奉公人を雇い入れることです」
　栄次郎は詰め寄るようにきく。
「よろしいですか。何の関係のない奉公人があなたのおかげで解雇され、全員職を失
う破目になるのです」
　丹三郎の表情が動いた。
「あなたは誰も傷つけていないと仰いますが、仕事を奪われる人間が続出することに
なるのです。そういうことをお考えになったことはありますか。それとも、それはや

むを得ないことだと思っているのですか」

「………」

「仕事を奪われたひとたちは、あなたたちを憎むでしょう。崩落事故の犠牲者が一橋家を恨んだように」

丹三郎は堀に顔を向けた。その厳しい横顔に苦悶の色が見て取れた。

「奉公人の身分を守るには、奉公人の中にあなたの仲間がいないことを証明してあげる必要があります。そのためには……」

栄次郎は一呼吸の間を置いてから言った。

「奪った一千両を返して、横道さまご自身の口から話すことです。一千両を返さない限り、誰も信用しません」

背後を笑い声が通って行った。商人体《てい》の男と女だ。

「横道さま。金を返せば、横道さまや覚次郎のことを訴えないことを約束させます。どうか、お考えください。早くしないと、奉公人はやめさせられてしまいます」

「矢内どの。今度はそなたがわしを威すのか」

「威すなんて」

「そなたに出会いさえしなければ、こんなことで迷ったりしなかったものを。そなたは何者なのだ？　一橋家と何らかの関わりがあるのか」

「私の父は生前、一橋家の近習番を勤めていました」

「そうか。やはり、関わりがあるのか」

「横道さま。どうか、お考え直しを？」

栄次郎は説得を続けた。

「覚次郎とて、こんな形で手にした金を持っていても決して仕合わせにはなりません。きっとまっとうに働かなくなるでしょう。このことに味を占め、金がなくなれば、また同じことをくり返すことになりましょう」

「矢内どの。そなたがうらめしいぞ。さっきまでのすがすがしい気持ちは一転して虚しさだけが押し寄せてくる。確かに、そなたの言うとおりだ。こんなことをして手に入れた金で仕合わせは手に入れることは出来ぬだろうな」

丹三郎は自嘲ぎみに笑った。

「私が懇意にさせていただいております元一橋家用人の岩井文兵衛さまとお引き合わせをいたします。このお方にすべてをお託しください。もし、よろしければ、きょうの夕方にでも」

「わかった。そなたに任せよう」

「ありがとうございます」

栄次郎は深々と腰を折った。


夕方になって、栄次郎は再び『久もと』を訪れた。

ちょうど、文兵衛がやって来たところだった。

「火盗改めはいかがでしたか」

「二度も愚弄されたと怒っていた。二千両を運んだ駕籠屋も何も知らずに頼まれただけだ。依頼人の男を必ず見つけ出すと息巻いていた。だが、おかげで、犯行は未然に防げそうだと言っておいた」

「そうですか」

今になって思えば、一橋家が火盗改めに真実を隠してくれたことはありがたかった。

栄次郎は丹三郎たちを捕らわれの身にしたくなかった。

「御前。頭目の男と話がつきました。あとで、ここにやって来ることになっています」

「ここに?」

「はい。御前のお力で、罪が及ばぬようにしていただけたらと思いまして」

栄次郎は自分の思いを話した。

「奉公人に仲間はおりません。一橋家で、奉公人をやめさせることのないようにお願いいたします」

「心得た」

文兵衛は答えたあとで、

「しかし、その頭目の男はここにほんとうに現れるのか」

と、不安そうに言った。

「現れます」

「しかし、ふたりで一千両あれば、贅沢にくらせる。今頃、江戸を逃げ出したとは思わぬのか」

「いえ、あの御方はそのような人間ではありませぬ。あの崩落事故のとき、刀を抜いて押し寄せる群衆を押し返した御方です。そのことが原因で、御家から放逐され、浪人となっても人間は荒《すさ》んでおりませぬ。あのような御方を浪々の身においておくのは宝の持ち腐れとしかいいようもございませぬ」

「ずいぶん、高く買っている」

文兵衛は苦笑した。

だが、それから一刻（一時間）以上経っても、丹三郎は現れない。

「遅いな」

文兵衛は待ちくたびれたように言う。

「もしかしたら覚次郎の説得に難渋しているのかもしれません」

栄次郎はあくまでも丹三郎を信じた。

それからさらに四半刻（三十分）経ってから、女将がやって来た。

「お連れさまがお出でです」

女将が場を開けると、丹三郎と四十年配の男が入って来た。

「御前。横道丹三郎さまこと横井端一郎さまです」

「横道丹三郎でござる。こちらは覚次郎」

丹三郎は後ろに控えた男を紹介した。

「覚次郎にございます」

「わしは岩井文兵衛だ。一橋家に関わりのある身」

「はっ。このたびの後始末。よしなにお願いいたします」

「もそっと近くへ」

「はっ」

丹三郎と覚次郎は座敷の真ん中辺りまで進んだ。

「そなたは秋月藩にいたそうだの？」

文兵衛が興味深そうにきいた。

「はい。勤番者でございました」

「そうか。殿のお供で江戸に来たときに八幡祭があったのだな」

「はい。江戸の土産に十二年ぶりに行なわれる祭をみようと思いまして朝早く朋輩《ほうばい》と屋敷を出ました。まさか、あのような大惨事が待ち受けていようとは想像だにしませんでした」

「そなたは、臨時の橋番人だったのか」

文兵衛は覚次郎にきいた。

「はい。体格がいいので、群衆を捌《さば》くのによいだろうということで仰せつかりました。ほんとうに、あんな事故が起こるとは夢にも思いませんでした」

「そうであろうな」

「失礼します」

襖が開いて、女将が顔を出した。

「お荷物、いかがいたしましょうか」

女将が丹三郎にきいた。

「こちらに運んでいただけますか」

丹三郎が答える。

若い衆がふたりして風呂敷に包んだ品物を運んで来た。千両箱だ。

若い衆が去ってから、覚次郎が千両箱を文兵衛の目の前まで運んだ。

「まだ、手をつけてはおりませぬ」

覚次郎が言った。

「なぜ、せっかく手に入れたお宝を手放す気になったのだな」

文兵衛が丹三郎と覚次郎の顔を交互に見た。

「誰をも傷つけずに手に入れたと思いましたが、矢内どのに言われ、一橋家の奉公人の仕事を奪うことになりかねないということに気づきました。それは本意ではありません」

丹三郎が答える。

「それと、一橋家に一泡ふかせたことで、満足したようです。しょせん、泡銭《あぶくぜに》。身につきませぬ」

「そうか」

文兵衛は肯《うなず》き、

「この金はわしが責任を持って一橋家に返しておく。これで、今回のことはなかったことにしよう」

「はっ。ありがとうございます」

丹三郎と覚次郎が頭を下げた。

三

あとを文兵衛に託して、栄次郎は帰途についた。一橋家の問題は解決した。残るは連続殺人だ。

あの事件には見落としや勘違いがあった。まだ、その点ははっきりしないが、いま磯平親分が『河内屋』の奉公人だった善吉のことを調べている。ただ、明らかになったことがあった。下手人の正体だ。

五つ（午後八時）を過ぎていた。人気《ひとけ》のない柳原通りから和泉橋を渡り、御徒町を通り、いつものように上野新黒門町から湯島天神下裏門坂道に入った。

湯島天神境内の男坂の近くで又五郎が殺された直後、栄次郎はこの道を通ったのだ。

そのとき、向こうから手拭いを頭からかぶった男が歩いてきて、途中、右に曲がったのは栄次郎に気づいたからだ。すれ違えば、自分の正体がばれてしまう。そう思って警戒したのだ。

今、栄次郎はその男の顔がはっきり見える。政吉だ。

政吉との出会いは、鳥越の師匠の家を出たときだった。戸口付近で迷っている男が政吉だった。稽古をはじめる踏ん切りがつかず、迷っていると言った。

あれは、栄次郎に近付くためだ。政吉がなぜ、栄次郎に目をつけたのか。それより、なぜ栄次郎を利用しようとしたのか。

いずれにしろ、政吉の狙いは重助の件に目が行くように誘導することだった。書置きの五人の名前のうちに、真の狙いは三人で、政吉と公太は重助に目を向けさせるために書き残したのだ。

そう考えれば三人で殺しが止んだのも肯ける。もし、最初から五人を殺《や》るつもりなら、書置きを残して警戒する機会など与えないだろう。

栄次郎は屋敷に帰ると、兄に呼ばれた。

「新八から話を聞いた」

兄が切り出した。新八に兄に報告してもらったのである。なにしろ、新八は兄の手足となって働く密偵のような役目を負っているのだ。

「はい。岩井さまは一橋家の難題で困っていたのです。それも、無事に解決しました」

「首謀者は、永代橋崩落事故のとき、橋の上で刀を抜いた侍だとか」

「はい。横道丹三郎どのです。今宵、横道どのは千両箱を岩井さまにお返しし、一橋家とはからい事件そのものがなかったことになると思います」

「なるほど。そなたの差し金だな」

「いえ」

「隠すな。わしにはそなたの心はわかる」

「恐れ入ります」

「ところで、母上がだいぶ気にしているが、どうお話しすべきか。そなたが火盗改めと張り合って、船で犯人を追いかけたなどと知ったら、母上は卒倒しかねないからな」

兄は冗談めかして言う。

「まあ、適当に話しておこう」

「すみません」

「それより、栄次郎。もうひとつの事件にも首を突っ込んでいるようだな」

「はい。やはり、奉行所のほうからお耳に入りましたか」

御徒目付は奉行所にも顔を出すことがあり、奉行所の与力・同心とも顔見知りだ。

崎田孫兵衛とも会う機会もあるようだから、孫兵衛から聞いたのかもしれない。

「じつは、私のほうから首を突っ込んだのではなく、どうやら私は利用されたようなのです」

「利用された？　穏やかではないな」

「じつは、浅草阿部川町に政吉という男がおります。この政吉がある目的があって私に近付いてきたと思われるのです」

栄次郎は経緯を話した。兄に話すことで、自分ももう一度事件を整理してみるという意味合いもあった。

「なるほど。確かに、そうだ。もし、政吉の存在を抜きにした場合、重助のことにはなかなか辿り着けなかったかもしれないな」

「ええ。やはり、政吉、公太の存在が重助を……」

ふと、栄次郎は言葉を止めた。

「どうした？」

「ちょっと妙なことに気づいたものですから」

「なんだ？」

「もし、又五郎、田之助、甃右衛門の三人を殺すのが目的なら、別々に殺すだけでよかったはずです。三人とも誰かに恨まれていることはないようでした。つまり、そこからなかなか犯人像は浮かび上がらなかったはずです」

「うむ？」

「つまり、犯人は目晦《めくら》ましのために、重助の事件に目を向けさせる必要などなかったはずなのです。それなのに、なぜ、わざわざ書置きを残して連続殺人を示唆したり、重助のことを持ち出したりしたのか」

政吉はただ黙って三人を殺しさえすれば疑いを招くようなことにはならなかった。何のために、あのような小細工をしたのか。

新たな疑問に、栄次郎は苦慮した。

翌日の朝、栄次郎は屋敷を出ると、阿部川町の『悠木屋』にまっすぐ行った。

妻女のおもんが店番をしていた。蒼白い顔だちに穏やかな笑みが浮かんでいる。

「政吉さんはお出かけですか」

「はい。池之端のお得意さまに品物を届けに。申し訳ありません」

おもんがすまなそうに言う。

「いえ、ただ、寄ってみただけですから」

栄次郎はあえて明るく答え、

「おもんさんは政吉さんとどこで知り合ったのですか。あっ、すみません。おふたりがあまりにもお似合いなので、どういう縁なのかと思いましてね」

と、訊ねた。

「政吉さんから櫛を買ったのが縁で……」

おもんは俯き加減に言う。

「そうですか」

政吉は熊井町にある『宝屋』という小間物屋に勤めていた。その頃、行商に出ていて、おもんと知り合ったのだろう。

俯いたままなのは、おもんはそれ以上きいて欲しくないという気持ちの現れだろう。

「すみません。不躾《ぶしつけ》なことをきいて。では、また、改めて寄らせていただきます」

「そうですか。せっかくいらっしゃってくださったのに」

「いえ。そうそう、長唄のお稽古をはじめるように言っておいてくださいませぬか」

「わかりました。伝えておきます」

おもんと別れ、栄次郎は店を出た。

途中で、振り返る。目が合った。おもんは軽く会釈をした。栄次郎も頭を下げて、歩きだした。

おもんはまた少し窶れたような気がする。どこか悪いのではないか。政吉がおもんの体の具合を察していないはずはないが……。

それより、政吉が三人を殺したのだとしたら、おもんは共犯なのだろうか。それとも、おもんは何も知らなかったのか。

複雑な思いで、栄次郎は政吉の店をあとにした。

栄次郎は迷ったが、深川に足を向けた。

一刻（二時間）後に、ようやく熊井町にある小間物屋『宝屋』にやって来た。

栄次郎は店先に立ち、三十過ぎと思える番頭ふうの男に声をかけた。香が焚かれていて、甘い香りが漂っていた。

「ご主人にお会いしたいのですが。私は矢内栄次郎と申します」

「はい。どのような御用件でございましょうか」

番頭は不審そうな表情できいた。

「三年前までこちらにいた政吉さんのことでお訊ねしたいことがあるのです」

「政吉さんのことですか」

「政吉さんを覚えていらっしゃいますか」

「ええ、政吉さんとはずっといっしょに仕事をしてきましたから。政吉さんがどうかなさったのですか」

「いえ。じつは私は長唄の杵屋吉右衛門師匠の弟子なのですが、政吉さんが弟子入りを希望なさっているのです。私が仲立ちをしているのですが、師匠にお引き合わせをする前に、政吉さんのひととなりを確かめておこうと思いまして。私が勝手にやっていることですが」

栄次郎は嘘をついた。

「さようでございますか。政吉さんなら間違いはございません。お店にいたときも、よく私たちの面倒をみてくれました。とにかく曲がったことの嫌いなひとでした。少々、お待ちください。今、旦那さまにきいて参りますので」

「あっ、番頭さん」

栄次郎は呼び止めた。

「番頭さんから話をお聞きすれば十分です。もう少し、お話を聞かせていただけますか」

「さようでございますか」

幸い、客は男女の一組がいるだけで、手代が応対をしていて、番頭は体が空いていた。

「政吉さんのおかみさんのおもんさんをご存じですか」

「ええ。仲町《なかちょう》の『すみよし』という料理屋の女中をしていました。政吉さんは『すみよし』に商売で出入りをしていましたから、それで親しくなったようです」

「そうですか」

「おもんさんにご家族は？」

「いえ、身内は誰もいないそうでした。政吉さんが、俺と同じでひとりぼっちだと言っていました」

「おもんさんがどこに住んでいたかご存じですか」

「いえ、知りません」

そこに新たな客が入って来たので、栄次郎は番頭に礼を言って店から出た。

ここまで来たのだからと、栄次郎は仲町の『すみよし』という料理屋に足を向けた。

門は閉ざされ、ひっそりとしていた。玄関の前で掃除をしている女に声をかけようとしたとき、栄次郎は背後から声をかけられた。

「矢内さまじゃありませんか」

驚いて振り返ると、磯平が手下といっしょに立っていた。

「親分。どうしてここに？」

「じつは善吉のことを調べていて、善吉に妹がいたとわかったんです。仲町の『すみよし』の女中だったというので話をききにきたんです」

「善吉に妹がいたのですか」

頭の中で火花が散ったように閃《ひらめ》いたものがあった。

「妹の名前はおもん？」

「えっ、どうしてそれを？」

磯平は目を丸くした。

「政吉の妻女の名はおもんです」

「なんですって」

「おもんさんのことを調べていてここに行き着いたのです」

「そうだったのですか。政吉とおもん。おもんと善吉。善吉と『河内屋』。つながってきましたね」

磯平は昂奮して言う。

「ともかく、女将に話を聞きましょう」

磯平は玄関前にいる女に声をかけた。やはり、岡っ引きの威力はすさまじく、女中はあわてて女将を呼びに行った。

玄関で、栄次郎たちは女将から話を聞いた。

「すると、おもんがここで働くようになったのは八年前なのか」

磯平が確かめる。

「そうです」

「どうして、ここで働くようになったのだ？」

「自分から使ってくれと来ました。きれいな娘なので、すぐに来てもらいましたよ」

「おもんに兄がいたことを知っているか」

「ええ。何年か前に亡くなったと言ってました。それまでは仕立ての仕事をしていたそうですが、ひとりぼっちになって、お金を稼がなくてはならなくなったんでしょうね。うちで働いている娘も、みなわけありですから」

「『宝屋』の政吉を知っているか」

「はい。うちに商売で出入りをしていましたから。それで、おもんと親しくなったんですよ」

「政吉はどんな人間だ？」

磯平がきく。

「とても誠実なひとでしたね。おもんも、そんなところが気に入ったんだと思います。いつしかこっそり会うようになって」

女将は苦笑した。が、すぐに笑みを引っ込め、

「でも、河内屋さんもおもんをくどいていたんですよ」

「河内屋？　甀右衛門か」

「はい」

「甀右衛門はここの常連だったのか」

「はい。ご贔屓にさせていただいておりました。でも、あんなことになって」

甀右衛門が殺されたことを言っているのだ。

「おもんの兄が『河内屋』で働いていたことを知っているか」

「いえ。それは聞いていません」

「甀右衛門はおもんを妾にしようとしていたのか」

磯平は話を続ける。

「そうです。おもんもまんざらではないような素振りでした」

「まんざらでもないような素振り？　それは間違いありませんか」

栄次郎が口をはさんだ。

「ええ、お店が終わったあと、甄右衛門さんに呼ばれて出かけて行ってました」

「しかし、おもんには政吉という男がいるではないか」

「ええ。でも、甄右衛門さんにはおもんも心を許しているようでした。女って見掛けによらないですね。あんなおとなしそうな顔をしたおもんがふたりの男を手玉にとっているなんて」

栄次郎はおもんがそのような人間とはとうてい信じられなかった。

「政吉さんは、そんなおもんに焼き餅を焼き、焦ったんじゃないでしょうか。それで、三年前に独立すると同時に強引に所帯を持って、おもんを甄右衛門さんから引き離したんですよ」

女将の話はある意味、栄次郎にとっては衝撃的だった。

おもんは甄右衛門と政吉のふたりの男とつきあっていたことになる。もし、そうだとしたら、このことで政吉は甄右衛門に殺意を抱いたとも考えられる。

その殺意の動機をごまかすために、重助の件を利用した。そういう解釈が成り立つ。

事実、『すみよし』を出たあと、磯平が言った。

「おもんを巡る確執が動機かもしれませんね」

しかし、栄次郎にはそんな単純なものには思えなかった。瓢右衛門殺しの動機を晦《くら》ますために、無関係な又五郎と田之助を殺したとは思えない。

だが、なぜ重助の件を持ち出したのか。政吉が闇雲に重助の件を持ち出したとは思えない。押込み事件で殺された善吉の妹がおもんだったということに、手掛かりがありそうだった。

「親分。真相はもっと別にあるのではないでしょうか」

栄次郎は自分の考えを述べた。

「おもんが『すみよし』に奉公に上がったのは瓢右衛門に近付くためだったとは思えませんか」

「瓢右衛門に？」

「ええ。その二年前に『河内屋』に押込みが入り、おもんの兄の善吉が殺されています。しかし、これが金が目的だったとは思えないのです。なぜなら、盗んだ十両を手つかずに重助の家に隠しているからです。このことからして、この押込みの目的は善吉を殺すためだったのではないか。そう思っているのです」

「まさか、甀右衛門が又五郎に命じて殺させたと？」

「いえ。もし、又五郎、あるいは田之助が甀右衛門に頼まれてやったものなら、ふたりは甀右衛門から離れなかったと思います。ふたりは甀右衛門の弱みを握っていることになります。だったら、ふたりは煙草売りや夜泣きそば屋で生計を立てずとも、甀右衛門を威して金を得ればいい」

「そうですね」

「つまり、ふたりは押込みとは関係ないと断定せざるを得ません」

「では、なぜ？」

　磯平は問い返す。

「書置きには甀右衛門ではなく旧名の信三と記されていましたね。やはり、甀右衛門が信三時代に何かあったのです。そのことが、今回の事件の大本《おおもと》になっているのかもしれません」

　やはり、思い至るのはそのことだ。甀右衛門が信三時代に何かやったのだ。

　その頃の大きな出来事は、永代橋崩落事故で、先代の甀右衛門が死んだことだ。その後に、信三は先代の娘おまきの婿になり、やがて甀右衛門を継いだ。

しかし、先代の死は事故だ。そこに信三の企みが加わることはない。そう思ったとき、栄次郎は何か脳裏を掠めるものがあった。

「親分。先代の瓶右衛門が永代橋崩落事故で亡くなっていますが、先代は信三と善吉とともに朝早く大伝馬町のお得意先に出かけ、崩落事故に遭っているのです。親分。信三と善吉がいっしょだったんです」

善吉はまだ十三、四歳だったらしい。

「先代が亡くなった当時の様子をもう少し調べたほうがいいですね」

「しかし、事故で三人とも川に落ち、信三と善吉は漁師の船に助けられ、瓶右衛門だけが犠牲になったってことははっきりしているんじゃありませんか」

「ええ。でも、念のために調べてみます」

栄次郎の脳裏にある男の名が浮かんだ。

「当時の番頭の正五郎さんにきいてみます。駒込で古着屋をやっているということでしたね」

「そうです。やはり、同じ『河内屋』を名乗っていました」

「わかりました。親分は公太さんと『河内屋』の内儀に会って、押込みの一部始終をもう一度聞き返してみていただけませんか。今度は善吉殺しが目的だったという目で事件を振り返ったら、違う何かが見えてくるかもしれません」

「わかりました。夕方までお戻りになられるようなら、黒船町の家にお伺いしますが」

「ええ。今からなら駒込に行って、夕方には黒船町に行けます。暮六つ（午後六時）を目処に来ていただけますか」

「そうします。それでは」

亀久町に向かう磯平たちと別れ、栄次郎は永代橋を渡った。

四

一刻（二時間）後、栄次郎は駒込にやって来た。

吉祥寺《きちじょうじ》の近くの駒込片町《かたまち》に『河内屋』という古着屋があった。こぢんまりした店だった。店先にいた手代ふうの若い男に、正五郎への訪問を告げた。

「はい、ただいま」

手代はそそくさと奥に向かった。

待つほどのこともなく、中肉中背の白髪の目立つ男がやって来た。

「正五郎でございますが」

訝しげな顔で挨拶をする。

「私は矢内栄次郎と申しまして、磯平親分の手伝いをしております」

「磯平親分？」

「先日、深川の『河内屋』の甃右衛門さんが殺された件で、話を聞きに来たと思います」

「ああ、あの親分さんですか。で、また、そのことで？」

「きょうは、『河内屋』の先代が亡くなった永代橋崩落事故のときの話をお伺いしたくてまいりました」

「先代の？」

正五郎の顔色が変わった。

「どうぞ」

厳しい表情になって、栄次郎に上がるように言った。

店の隣りの小部屋で、栄次郎は正五郎と差し向かいになった。

「さっそくですが、先代の甃右衛門さん、手代の信三、丁稚の善吉の三人が事故に巻き込まれたそうですね」

「ええ、小伝馬町の得意先までどうしても謝りに行かねばならないことがあって、朝早く出かけ、その帰りにあの大惨事に遭遇したのです」

「謝りに行かねばならない事情とはなんだったのでしょうか」

「手代の信三が請け負った注文を間違えてしまったのです。それで、先代が信三を伴って出かけたのです。善吉は単にお供でした」

「橋が崩落し、三人も次々と落下したのですか」

「そうです。三人とも川に落ちたのです。信三と善吉は漁師の船に助けられましたが、先代だけは助かりませんでした」

正五郎はしんみり言う。

「先代の亡骸をご覧になりましたか」

「はい。寺の境内の安置所でお嬢さまといっしょに引き取りましたから」

「どんな状態でしたか」

「流れてきた木材か、上から落ちた橋の一部が直撃したのか、頭が陥没していたましい状態でした」

「頭が陥没ですか」

栄次郎は確かめた。

「はい」

「川に落ちたとき、信三さんや善吉さんは先代とは離ればなれになってしまったのでしょうか」

「そうだと思います。あとからあとから人間が降ってくる状況だったようですから」

「善吉さんは厳しい表情で言う。

正五郎は厳しい表情で言う。

「善吉さんは何かを見ていたのではありませんか」

「えっ?」

正五郎が驚いたような顔をした。

「そのことを、あとであなたに言った? 違いますか」

正五郎は栄次郎の視線を外した。

「教えてくれませんか。今度の甑右衛門さん殺しは、そのことが起因しているのかもしれないのです」

「………」

正五郎は戸惑い気味になった。

「正五郎さんが話せないのなら、私が口にします。先代の頭の傷は殴られたものだったのではありませんか。つまり、信三さんに殴られて出来た傷」

正五郎は目を見開き、口を半開きにした。

「いかがですか」

「そ、それは……」

「正直に話していただけませんか。瓢右衛門さんを含め、三人の人間が殺されているのです。たとえ、どのような理由があろうが、人殺しは正当化出来ませぬ。もし、まだ、犠牲者が出るようなら、早く手を打たねばなりませぬ」

正五郎は肩を落とした。

「善吉さんは、信三さんが先代を殴るのを見ていたのですね」

栄次郎はきいた。

「事故後、善吉の様子はおかしかった。事故の恐怖のせいだろうと思っていました。ところが、半年後。私は善吉から恐ろしい話を聞きました。川に落ちたとき、先代がしがみついていた丸太に信三がつかまり、丸太が沈みそうになった。そのとき、流れて来た木材を摑んで思い切り、信三が先代の頭を殴ったというのです。善吉は助けられた船の上からその様子を見ていたというのです」

正五郎は身をすくめて話す。

「私は衝撃を受けました。だが、見ていたのは善吉だけです。善吉が嘘をつくはずはありません。それに、先代は信三を嫌っていました。品性が賤しいと。ですから、お嬢さまとの結婚は絶対に認めなかったはずです。そういうことがあるので、私は善吉の話を信じました。ですが、証拠もなく、信三に否定されたら終りです。反対に、俺を貶めるつもりかと、反撃を食らうのがおちです。だから、めったなことを言うなと諫めました。しかし、善吉は納得いかないようでした」

「その話を知っているのは誰と誰ですか」

「私だけです。他の誰にも言うなと口止めしました。証拠がない限り、どうしようもないと。でも、善吉はずっとそのことばかりを考えていたようです」

「善吉は自説を曲げようとしなかったのですね」

「はい。他の者には何も言わなかったようですが、ひそかに佃島の漁師や救助された人びとを訪ねて、目撃者を探していたようです。なにしろ、善吉は先代を実の親のように慕っていました。親の仇と同じような気持ちで、信三を見ていたのだと思います」

「で、目撃者は見つかったのでしょうか」

「わかりません。私は信三がお嬢さまの婿になると知ったとき、『河内屋』にいる気がなくなり、お店をやめました。善吉もいっしょに連れて行こうとしたのですが、善吉は残ると言いました。おそらく、まだ信三のことを疑ってのことだと思います」

「十年前の押込みをどう見ましたか。そこで、善吉さんが殺されました」

「私は信三が殺《や》ったのだと思いました。おそらく、善吉さんは目撃者を探し当てたのかもしれません。それで、信三に罪を問いつめた。信三は恐怖にかられ、善吉を殴り殺した。だが、死体の始末にも困り、押し込みが入ったように取り繕った。私はそう思いました。ですが、証拠はありません。何も言うことは出来ませんでした」

「その疑いを誰にも話していないということですか」

「はい」

微かに、正五郎の目が泳いだ。

「ほんとうに、誰にも話していないのですか」

「ええ、話していません」

「善吉さんにおもんという妹がいました。善吉さんが死んだとき、十七歳です」

「………」

「あなたは、おもんさんに会ったことはありますか」

「ええ、善吉さんが亡くなったあと、お線香を上げに長屋まで行きました」

「そのとき、あなたは自分の疑問をおもんさんに告げませんでしたか」

「…………」

正五郎は苦渋に満ちた顔をした。

「話したのですね」

「おもんさんは善吉さんの不審な行動に気づいていたようです。それで、私に訊ねたのです。あまりに熱心だったので、つい」

正五郎は息苦しそうな溜め息をついた。

「あなたは、甑右衛門が殺されたのを善吉さんの復讐だと思ったのですね。つまり、おもんさんが絡んでいると……」

「そうです」

「小間物屋の政吉さんをご存じですか。おもんさんと所帯を持った男です」

「いえ、知りません」

正五郎は首を横に振った。

「田之助についてはどうですか。『河内屋』で働いていたそうですね」

栄次郎はついでにきく。

「田之助についてはよくわかりません。信三、いえ甑右衛門とつながっているとは思えませんが」

「田之助は永代橋の事故で被害に遭っているのですか」

「いえ。田之助は救助に出向いたほうです。川からの死体の引き揚げなどを手伝ったそうです」

「では、身内に犠牲者がいたわけではないのですね」

「そうです」

「わかりました。いろいろ、参考になりました」

「やはり、おもんさんが……」

正五郎は気にした。

「おそらく」

「そうですか」

正五郎は肩を落とした。

悄然としている正五郎を残し、栄次郎はひとりで部屋を出た。

浅草黒船町に辿り着いた頃にはもうすっかり暗くなり、暮六つの鐘が鳴りだしていた。

お秋の家の前で磯平が待っていた。

「親分。ここで待っていたんですか。中でお待ちになればよかったではありませんか」

「それが崎田さまがお見えで」

「ああ、そうですか」

栄次郎はにやりと笑った。

「でも、崎田さまは磯平親分のこともよくご存じですから、気にしないでも」

「いいえ。なんとなく気づまりです」

「そうですか」

そんなことを口にしながら、栄次郎と磯平は川縁に出た。もう夜ともなると、川風はひんやりとしている。

「正五郎から重大な話を聞きました」

「重大な話?」

磯平が緊張するのがわかった。

「永代橋崩落事故でたまたま居合わせた先代の甑右衛門、手代の信三、丁稚の善吉の三人が川に落ちました。そのどさくさの中で、信三が先代の甑右衛門を殴り殺したのを善吉が助けられた船から見ていたそうです」

「そんなことが……」

磯平は衝撃から言葉を失ったようだった。

「善吉は別の証人を探して、佃島の漁師たちを訪ね歩いていたそうです。おそらく、善吉を助けてくれた船に乗っていた漁師たちが見ているかもしれませんからね」

「そのことを知った甃右衛門が押込みに見せかけて善吉を殺したということでしょうか」

「そうだと思います。善吉が証人を探し回っていたことが明らかになったら、疑いが自分に向くと思い、甃右衛門は押込みに見せかけるために重助に罪をなすりつけたのだと思います」

「なんと卑劣な奴なんだ」

磯平は吐き捨てた。

「公太親分にきいてきましたが、重助が怪しいと最初に言い出したのは甃右衛門だそうです。そして、事件後、甃右衛門は重助の長屋に行っているそうです。甃右衛門のことは最初から問題外だったので、長屋に行った人間はいないと答えたそうです」

「なるほど」

「それから、『河内屋』の内儀さんも、先代は信三との結婚を強硬に反対していたと話してくれました。それから、信三と所帯を持つ前に、善吉から川の中でのことを聞かされたそうです。ですが、内儀は信じようとしなかったと言ってました」

「おそらく、甑右衛門を殺した理由は善吉の敵討ちでしょう。実際に手を下したのは政吉だと思います。ただ、わからないのが又五郎と田之助です」

「そうですね。そうそう、内儀の話では去年行なわれた永代寺崩落事故犠牲者の十七回忌の大法要に、内儀は甑右衛門といっしょに参列したそうです。そこで、偶然小間物屋の政吉に会ったと言ってました」

「政吉もふた親を亡くしていますからね。そこで偶然に会ったことが、今回の復讐の引き金になったのかもしれませんね」

『一橋家』の脅迫事件も、甑右衛門ら三人の殺しも十七回忌の法要がきっかけになっている。犠牲者の怨念のなせるわざだろうか。

「又五郎と田之助は身内に犠牲者がいたわけではないんです。田之助は救助に駆り出されたらしいので、又五郎もその口かもしれません」

「政吉のふた親の救助をこのふたりが失敗したのではないでしょうか。そのことで、政吉はふたりを恨んでいたというのはどうでしょうか」

「ええ、そうかもしれませんね」

磯平の考えに、栄次郎は肯いた。

「でも、なぜ、政吉とおもんは書置きに五人の名前を認《したた》めたのでしょうか。どこか、犯行を誇示したいという気持ちもあったのでしょうか」

「そうですね。もしかしたら、真相をわかって欲しいという気持ちもあったのかもしれません」

「なるほど。瓶右衛門の罪を知らせたかったのですね。でも、そうだとすると、自分たちの犯行もわかってしまいますよね。そのことをどう考えたのでしょうか」

「まさか」

栄次郎ははっとした。

「ふたりは犯行がばれることは覚悟の上だったのかもしれません」

「犯行がばれることをですって」

磯平が顔色を変えた。

「おもんさんは病気のようです。そのことが頭にあってのことだったのだとすると……」

暗い川面に無気味な波頭が立ったのを、栄次郎は唖然としてみていた。

五

翌日の朝、栄次郎は深川北森下町の『河内屋』に行き、内儀のおまきと客間で会った。今はおまきが店を取り仕切っている。

「瓶右衛門どのを殺した犯人がわかりました」

「誰ですか」

「殺された理由は、内儀さんにとってとても過酷な内容です。それを承知でお聞き願いたいのですが」

「わかりました。どうぞ、お話しください」

栄次郎はおまきの父親である先代の瓶右衛門の死の真相と善吉殺しの真相を話した。

その上で、政吉とおもんのことを口にした。

おまきは途中、何度か嗚咽《おえつ》をもらしたが、気丈にも凜《りん》としてから、

「私もずっと不審を抱いておりました。でも、あえて目を背けていたところもあります。どうぞ、矢内さまのお考えのようになさってくださいませ。それから、もしよろしければ、おもんさんは私どもの橋場の寮で、養生《ようじょう》させていただきたいと思います。

それが善吉さんへの少しでも詫びになれば……」

「内儀さん。ありがとうございます」

栄次郎はおまきの寛大な心に感銘を受けて深々と頭を下げた。


それから半刻（一時間）後、栄次郎は阿部川町の『悠木屋』に行った。

戸が閉まっていた。貼紙があり、休業の文字が目に飛び込んで来た。

栄次郎は潜り戸を開けて、薄暗い土間に入った。

奥に呼びかけると、政吉が出て来た。

「矢内さま。どうも」

政吉が暗い顔で言う。

「休業の貼紙がありました。どうしたと言うのですか」

「おもんが倒れまして」

「倒れた？」

「今、奥の部屋で休んでいます」

「どこが？」

「三年前から胸を患っていました。もっと空気のいいところで養生すればよかったんですが、おもんが私が独り立ちした店で店番がしたいというもので、ここで暮らすようになりました」

「容体は？」

「今、落ち着いて寝ております。今年の深川の八幡祭まではだいじょうぶと思っていたんですが、ここに来て急に悪くなりました」

「そうですか」

栄次郎は自分の想像が外れていなかったと悟った。

「政吉さん。こんなときに申し訳ないのですが、事件の全容がぼんやりと見えて来ました。そのことで少しお話をしたいのですが、よろしいでしょうか」

「はい。どうぞ、こちらに」

庭に面した部屋に通された。襖が開いた隣りの部屋で、おもんが寝ていた。

おもんにちらっと目をやってから、政吉が口を開いた。

「お話はなんでしょうか」

「まず、『河内屋』の甑右衛門殺しの真相がわかりました」

「そうですか。で、なんですか」

「そもそもは、永代橋崩落事故に遡ります。その日、『河内屋』の先代甑右衛門と手代の信三、丁稚の善吉の三人が崩落事故に巻き込まれたのです」

「……」

政吉の顔色が変わった。

「手代の信三は『河内屋』の娘と恋仲になっていたそうですが、先代甃右衛門は信三との結婚には反対でした。そういう背景があって、三人が事故に遭遇し、川に放り込まれたのです」

栄次郎は政吉の苦しげな顔を見ながら続ける。

「丁稚の善吉は船に助けられた。その善吉がありうべからざる光景を目にした。丸太にしがみついていた信三が主人の頭を木材で殴ったのです。その後、信三は助けられましたが、甃右衛門は死にました。ですが、甃右衛門は事故死として扱われた。そのことに納得出来ない善吉は救助に当たった人間を訪ね……」

栄次郎は自分の想像を語った。政吉は強張った表情で聞いている。

「事故から七年後、『河内屋』に押込みが入り、善吉が殺され、疑いは重助に向けられました。ですが、これは、甃右衛門が自分の悪事を嗅ぎ回っている善吉に憤り、善吉を殺し、疑いを重助に向けさせたというのが事件の真相なのです」

栄次郎は息継ぎをしてからはっきりと口にした。

「善吉には妹さんがおりました。名はおもん。そう、政吉さんのおかみさんと同じ名前です」

政吉は固まったようにじっとしている。

「犯人が残した書置きには甑右衛門の名ではなく、旧名の信三が使われていた。その意味はわれわれに永代橋崩落事故に目を向けさせるためだったのですね。つまり、犯人は甑右衛門の悪事を世間に知らせたいという目的があったということです。ただ、私がわからないのは又五郎と田之助のことです」

「橋が崩れて川に落ちたあと……」

いきなり、政吉が口を開いた。

栄次郎は黙って相手の声を聞いた。

「私は必死に川を泳いでふた親を探しました。でも、あとからあとから降ってくるひとや川面に浮かぶ死体が夥《おびただ》しく、ふた親とははぐれてしまいました。やっとのことで岸に上がりましたが、そこにはたくさんの死体が引き揚げられていたんです。そのとき、私は信じられない光景を目にしました。死体に何かをしている男がいたのです。私は目を疑いました。死体から櫛や簪、財布などを盗み取っていたんです。翌日、死体が安置された寺にふた親を探しに行ったとき、またもふたりを見ました。やはり、死体からものを盗んでいました。私はふたりに抗議しました。でも、ふたりは歯向かってきて、私を殴り飛ばしてからなおも死体からものを奪って行ったんです。鬼畜《きちく》のような男の顔は強烈に焼きつきました。それが又五郎と田之助でした」

政吉は顔を歪めた。

「おもんと出会い、ふとしたときに、おもんが兄善吉の恨みを晴らそうと甑右衛門に近付いたことを知りました。甑右衛門のやったことを聞いて、私は怒りに身内が震えました。先代の甑右衛門を殺したことも善吉さんを殺したことも世間にばれず、のうのうと暮らし、さらには自分が手にかけた善吉さんの妹を妾にしようとしている。そんな男を私は許せなかった」

「奉行所に訴える道はなかったのですね」

栄次郎は口をはさんだ。

「証拠がありません。とぼけられたら終りです。又五郎と田之助のこともそうでした。私は崩落事故から数日後にお役人にふたりの行為を訴えましたよ。ふたりは正直に認めるはずはありません。証拠がなく、そのままですよ。甑右衛門のことだって同じです。もう、あの男を裁けるのは私しかいなかったのです」

「おもんさんと所帯を持ってささやかに暮らそうとは思わなかったのですか」

「思いました。でも、おもんはすでに病に冒されていました」

政吉は涙ぐんだ。

「甑右衛門をこのままにして、おもんを死なせるわけにはいかないと思ったのです。おもんがいなくなった世の中に、私も生きて行く気はしませんから」

「お気持ちはよくわかります。でも、他に方法がなかったのかと残念でなりませぬ」

栄次郎は正直に答えた。

「おもんが元気でいたら、別の道を探せたかもしれません。でも、病気になった。これは、恨みを晴らせという天が私に与えた命令だと思いました」

「五人の名を記した書置きを残したのは関心を重助の事件に向けさせるためですね。ただし、真相をいつか悟らせるために、わざと甑右衛門ではなく旧名の信三を使った？」

「そうです。おもんが生きている限りは捕まりたくない。それまでは探索の矛先を別のほうに向けさせたい。おもんが死んだあとにすべてが明らかになる。それが、私の望むところでした。でも、予想より早く、矢内さまに見破られた。あてが外れました」

政吉は自嘲ぎみに口許を歪めた。

「ひとつだけ教えてください」

「なんでしょうか」

「政吉さんはなぜ私を選んだのですか。探索の目を重助の事件に向けさせるためと、探索の様子を探れるようにするためだったと思いますが、なぜ、私を選んだのか」

「浅草黒船町のお秋さんは与力の崎田孫兵衛さまの妹だという噂を耳にしました。その家に、矢内さまが出入りをなさっている。それから、矢内さまのことを調べ、いろいろな事件に手を貸している御方だと知りました。すべてを矢内さまに託そうと思ったのです」

「そうでしたか」

「矢内さま」

政吉が厳しい顔を向けた。

「どうかもう少しお見逃しくださいませぬか。おもんの命はあと僅か。私が最期を看取ってやりたいのです」

「政吉さん。そのお気持ちはよくわかります。でも、おもんさんをちゃんとした医者に見せ、養生させたらいかがですか。完治はしなくとも、死期を延ばせるかもしれません。その間、あなたは自首をし、お白州で永代寺崩落事故で起こったことのすべてを明らかにさせるのです。それこそ、死んだ善吉さんの気持ちに報いることにもなりませんか」

「………」

「もうじき、今年の八幡祭がはじまります。十七年前に起きた大惨事をほとんどのひとが忘れています。世間のひとにそのことを思い出させ、その際にこのような醜い人間が現れたのだということを知ってもらうのです。おもんさんと離ればなれになるのは辛いかもしれません。でも、あなたはひとを殺した。その報いは受けなければなりません」

政吉は俯いた。膝に置いた手を握りしめる。

やがて、政吉は顔を上げた。

「矢内さま。わかりました。おもんのこと、よろしくお願いいたします」

「じつは、『河内屋』の内儀さんが、おもんさんを橋場の寮で養生してもらいたいと言ってました」

「えっ、『河内屋』の内儀さんが？　だって、内儀さんのご亭主を私がこの手にかけたんですぜ」

「内儀さんも、善吉さんにお詫びがしたいそうです。素直にご好意をいただいておいたらどうですか」

「もったいない。こんな私たちのために」

はじめて政吉は泣き崩れた。


八月十四日の夜、栄次郎は薬研堀の『久もと』で、岩井文兵衛と会っていた。

「じつは、横道丹三郎のことだが、あの者は藩の帰参が叶ったそうだ」

「えっ、ほんとうでございますか」

「うむ。そのうち、栄次郎どののところに挨拶に行くと言っていた」

「そうですか。それはようございました。ひょっとして、御前が秋月藩に？」

「いや。一橋家のほうからだ」

文兵衛がそのように仕向けたのであろう。

「覚次郎は？」

「やはり、秋月藩の上屋敷に中間として雇われた。市次という男もいっしょだ」

「そうでございましたか」

孝助は亡くなったと聞いた。最期まで孝助の面倒を見ていた市次に、丹三郎が手を差し伸べたのに違いない。

「きょうのお酒はとてもうもうございます」

栄次郎は盃を口に運んだ。

政吉の詮議は続いている。吟味与力の前で政吉が訴えたことで、改めて永代橋崩落事故のことが大きく取り上げられた。

ただ、政吉の訴えは真実であろうと受け入れられたが、さりとて先代の甑右衛門殺しと善吉殺しについて調べ直すことは不可能で、新たな証拠があるわけではなく、過去の裁定が覆ることはなかった。

その代償だろうか、三人を殺した政吉は獄門になるところだが、遠島の刑で落ち着きそうだと、崎田孫兵衛が言っていた。

橋場の『河内屋』の寮で養生をしているおもんは容体を持ち直しているという。いい医者をつけ、いい薬を使っているのだろう。内儀のおまきは、善吉への謝罪のためにおもんの看病に熱心なのだ。

ふと、文兵衛が盃を口に運ぶ手を止め、

「障子を開けてみてくれ」

と、女将に声をかけた。

すぐに女中が立ち上がり、庭に面した障子を開けた。とたんにひんやりした風とともに神楽《かぐら》囃子の音が聞こえて来た。

　きょうより八幡宮の祭礼だ。江戸近在にある八幡宮では祭で賑わっているだろうが、中でもとりわけ盛大なのが富岡八幡宮の祭礼だ。

「深川から大川を渡って聞こえて来たんでしょうか」

　女将が耳を澄まして言う。

「八幡さまは今頃、賑やかだろうな」

　文兵衛が目を細めた。

「明日はもっと賑やかでしょうね」

　山車、屋台、練り物、それに御輿もたくさん出て、大いに盛り上がることであろう。

　十七年前は雨で四日間も順延となった。待ちくたびれた人びとが大挙して老朽化した橋を渡ったことが大惨事につながったが、二度とあのような事故を起こしてはならない。

「御前。例の話」

　栄治郎は声をかけた。

「例の話？」

「はい。祭を題材にした新しい唄作りです」

「うむ。そのことか」

「来年の祭礼に向けてぜひ」

「そうよの。わしが詞を作り、栄次郎どのが曲を作る。なかなかのもんだな」

「御前。その話、ほんとうですか」

女将がきいた。

「ええ。市村咲之丞さんが来年、新しい演し物をやりたいと言い出したそうです。祭を題材にした曲で踊りたいと。それで、師匠から曲を作ってみないかと勧められ、作詞を御前にお願いしたいと思ったのです」

栄次郎は説明した。

「まあ、楽しそう」

女将と女中がはしゃいだ。

そのとき、また賑やかな囃子が聞こえてきた。文兵衛が真剣な顔で熱心に考え込んでいた。頭の中が詞のことでいっぱいなのかもしれなかった。

時代小説

二見時代小説文庫

永代橋哀歌《えいたいばしあいか》　栄次郎江戸暦《えいじろうえどごよみ》12

著者　小杉健治《こすぎけんじ》

発行所　株式会社　二見書房
東京都千代田区三崎町二―一八―一一
電話　〇三―三五一五―二三一一［営業］
〇三―三五一五―二三一三［編集］
振替　〇〇一七〇―四―二六三九

印刷　株式会社　堀内印刷所
製本　ナショナル製本協同組合

ISBN978－4－576－14112－1
http://www.futami.co.jp/

二見時代小説文庫

栄次郎江戸暦 浮世唄三味線侍

小杉健治［著］

吉川英治賞作家の書き下ろし連作長編小説。田宮流抜刀術の達人矢内栄次郎は部屋住の身ながら三味線の名手。栄次郎が巻き込まれる四つの謎と四つの事件。

間合い 栄次郎江戸暦2

小杉健治［著］

敵との間合い、家族、自身の欲との間合い。一つの印籠から始まる藩主交代に絡む陰謀。栄次郎を襲う凶刃の嵐。権力と野望の葛藤を描く傑作長編小説。

見切り 栄次郎江戸暦3

小杉健治［著］

剣を抜く前に相手を見切る。過てば死…。何者かに襲われた栄次郎！ 彼らは何者なのか？ なぜ、自分を狙うのか？ 武士の野望と権力のあり方を鋭く描く会心作！

残心 栄次郎江戸暦4

小杉健治［著］

吉川英治賞作家が〝愛欲〟という大胆テーマに挑んだ！ 美しい新内流しの唄が連続殺人を呼ぶ……抜刀術の達人で三味線の名手栄次郎が落ちた性の無間地獄

なみだ旅 栄次郎江戸暦5

小杉健治［著］

愛する女を、なぜ斬ってしまったのか？ 三味線の名手で田宮流抜刀術の達人矢内栄次郎の心の遍歴……吉川英治賞作家が武士の挫折と再生への旅を描く！

春情の剣 栄次郎江戸暦6

小杉健治［著］

柳森神社で発見された足袋問屋内儀と手代の心中死体。事件の背後で悪が哄笑する。作者自身が〝一番好きな主人公〟と語る吉川英治賞作家の自信作！

神田川斬殺始末　栄次郎江戸暦7

小杉健治［著］

三味線の名手にして田宮流抜刀術の達人矢内栄次郎が連続辻斬り犯を追う。それが御徒目付の兄栄之進を窮地に立たせることに……兄弟愛が事件の真相解明を阻むのか！

明《あけ》烏《がらす》の女　栄次郎江戸暦8

小杉健治［著］

栄次郎は深川の遊女から妹分の行方を調べてほしいと頼まれる。やがて次々失踪事件が浮上し、しかも自分の名で女達が誘き出されたことを知る。何者が仕組んだ罠なのか？

火《か》盗《とう》改《あらた》めの辻　栄次郎江戸暦9

小杉健治［著］

栄次郎は師匠の杵屋吉右衛門に頼まれ、兄弟子東次郎宅を訪ねるが、まったく相手にされず疑惑と焦燥に苛まれる。東次郎は父東蔵を囲繞する巨悪に苦闘していた……

大《おお》川《かわ》端《ばた》密会宿　栄次郎江戸暦10

小杉健治［著］

〃恨みは必ず晴らす〃という投げ文が、南町奉行所筆頭与力の崎田孫兵衛に送りつけられた矢先、事件は起きた。しかもそれは栄次郎の眼前で起きたのだ！

秘剣　音無し　栄次郎江戸暦11

小杉健治［著］

栄次郎が、湯島天神で無頼漢に絡まれていた二人の美女を救った事から事件は始まった……！　全ての気配を断ち相手を斬る秘剣〃音無し〃との対決に栄次郎の運命は……

べらんめえ大名　殿さま商売人1

沖田正午［著］

父親の跡を継ぎ藩主になった小久保忠介。財政危機を乗り越えようと自らも野良着になって働くが、野分で未曾有の窮地に。元遊び人藩主がとった起死回生の秘策とは？

間借り隠居　八丁堀 裏十手1
牧 秀彦［著］

北町の虎と恐れられた同心が、還暦を機に十手を返上。その矢先に家督を譲った息子夫婦が夜逃げ。間借りしながら、老いても衰えぬ剣技と知恵で悪に挑む！

お助け人情剣　八丁堀 裏十手2
牧 秀彦［著］

元廻同心、嵐田左門と岡っ引きの鉄平、御様御用山田家の夫婦剣客、算盤侍の同心・半井半平。五人の〝裏十手〟が結集して、法で裁けぬ悪を退治する！

剣客の情け　八丁堀 裏十手3
牧 秀彦［著］

嵐田左門、六十二歳。心形刀流、起倒流で、北町の虎の誇りを貫く。裏十手の報酬は左門の命代。一命を賭して戦うことで手に入る、誇りの代償。孫ほどの娘に惚れられ…

白頭《はくとう》の虎　八丁堀 裏十手4
牧 秀彦［著］

町奉行遠山景元の推挙で六十二歳にして現役に復帰した元廻方同心の嵐田左門。権威を笠に着る悪徳与力や仏と噂される豪商の悪行に鉄人流十手で立ち向かう！

哀しき刺客　八丁堀 裏十手5
牧 秀彦［著］

夜更けの大川端で見知りの若侍が、待ち伏せして襲いかかってきた武士たちを居合で一刀のもとに斬り伏せた現場を目撃した左門。柔和な若侍がなぜ襲われたのか……。

新たな仲間　八丁堀 裏十手6
牧 秀彦［著］

若き裏稼業人の素顔は心優しき手習い塾教師。その裏稼業人に、鳥居耀蔵が率いる南町奉行所の悪徳同心が罠をかけてきたのを知った左門と裏十手の仲間たちは…

魔剣供養　八丁堀 裏十手7
牧 秀彦［著］

御様御用《おためしごよう》首斬り役の山田朝右衛門から、世にも奇妙な相談が！　青年大名を夜毎悩ます将軍拝領の魔剣の謎とは？　廻方同心「北町の虎」大人気シリーズ第7弾！